能の本

文　村上ナッツ
マンガ　つだゆみ
監修　辰巳満次郎
コラム　（シテ方宝生流能楽師）

西日本出版社

はじめに

村上ナッツ

能は、シェイクスピアからさらに遡《さかのぼ》ること二百年以上前、日本の中世に花開いた最先端ミュージカルです。

観阿弥《かんあみ》・世阿弥《ぜあみ》親子によって猿楽《さるがく》の物語性と曲舞《くせまい》の歌舞の優艶さが融合されることにより飛躍を遂げ、老若《ろうにゃく》、貴賤《きせん》の別なく熱狂的な人気を博したのです。

身分の上下を問わず、生き抜くのがたやすいことではなかった乱世に書かれた能の物語は、古びるどころか今こそ胸に迫ります。理不尽な別離や死に隔てられた人々が再会し再生する物語に心打たれ、人間ゆえの妄執に苦しみそれが昇華される物語に救われるのです。テロ、大震災、混迷を深めていく世界。明日への不安を抱える現代ほど、能の物語が身にしみる時代はありません。

能舞台は宇宙に浮いた魔法の絨毯《じゅうたん》です。
古くて新しい
普遍的で個人的な
簡素《シンプル》で豪華《ゴージャス》
超低速《スーパーロウ》で超高速《ウルトラハイ》な世界に

あなたを連れて行きましょう。
あなたは
ここにしかいないのに
どこへでも行ける。
みんなの中にいるのに
孤独。
孤独なのに
共感する魂が寄り添う。
ああ、あなたの魂は浮遊《ふゆう》して
観客であるのに演じてもいる。
あなたでありながらわたしでもある。
超不思議ワールドへの橋掛《はしがか》りが見えてきました。さあ幕が揚《あ》がりますよ。
自他未可分《じたみかぶん》の混沌世界に
自らを投げ入れてみましょう。

珠玉の能のものがたりを、まず二〇曲、ここに謹んで訳します。掌編《しょうへん》小説のように読み、朗読し、能を体感しに能楽堂に薪能《たきぎのう》に、足をお運びください。

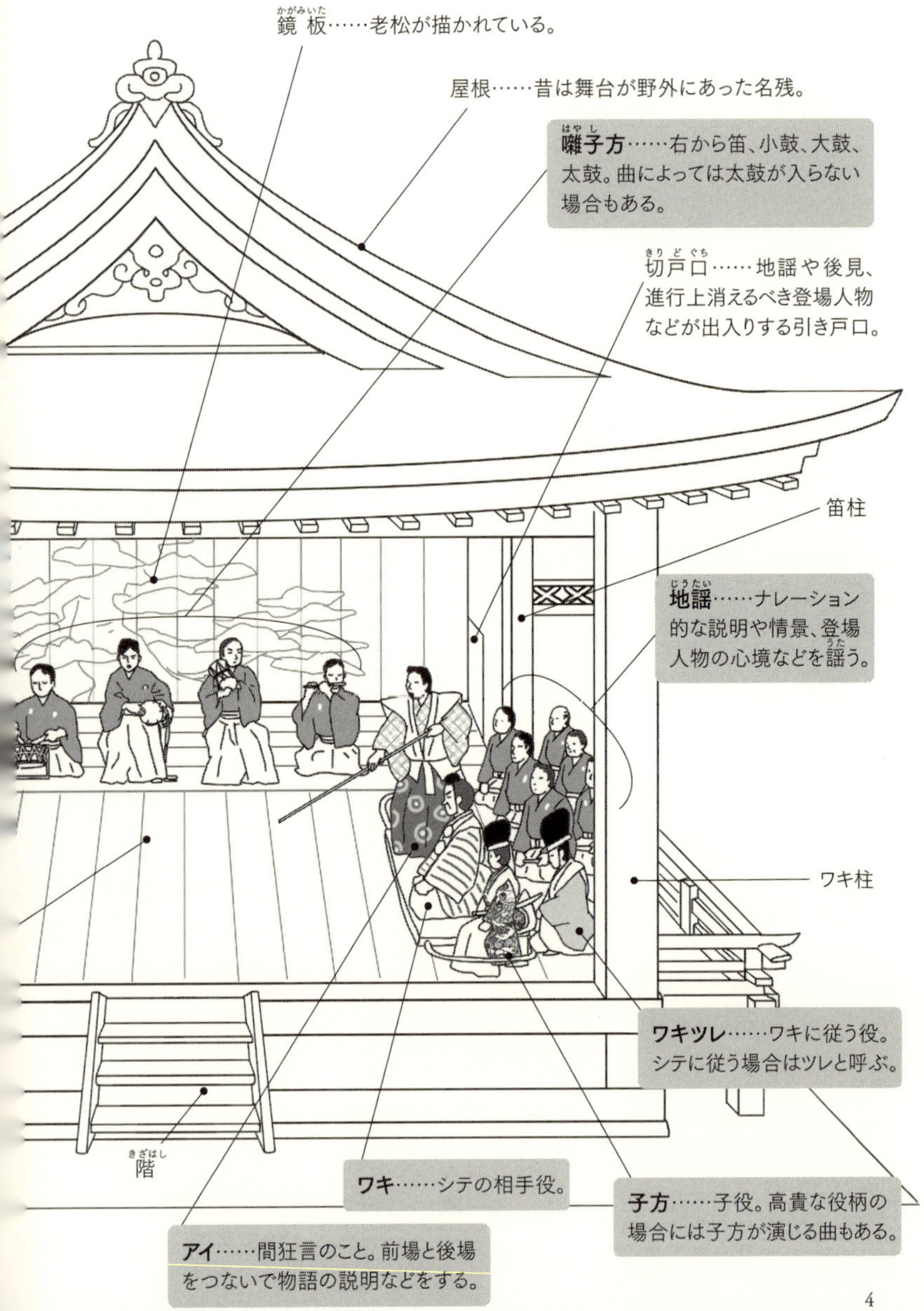
鏡板《かがみいた》……老松が描かれている。
屋根……昔は舞台が野外にあった名残。
囃子《はやし》方……右から笛、小鼓、大鼓、太鼓。曲によっては太鼓が入らない場合もある。
切戸口《きりどぐち》……地謡や後見、進行上消えるべき登場人物などが出入りする引き戸口。
笛柱
地謡《じうたい》……ナレーション的な説明や情景、登場人物の心境などを謡《うた》う。
ワキ柱
ワキツレ……ワキに従う役。シテに従う場合はツレと呼ぶ。
階《きざはし》
ワキ……シテの相手役。
子方……子役。高貴な役柄の場合には子方が演じる曲もある。
アイ……間狂言のこと。前場と後場をつないで物語の説明などをする。

能楽堂へようこそ

ここは時代や場所を超越した異空間。
しばし日常から解き放たれて楽しんでください。

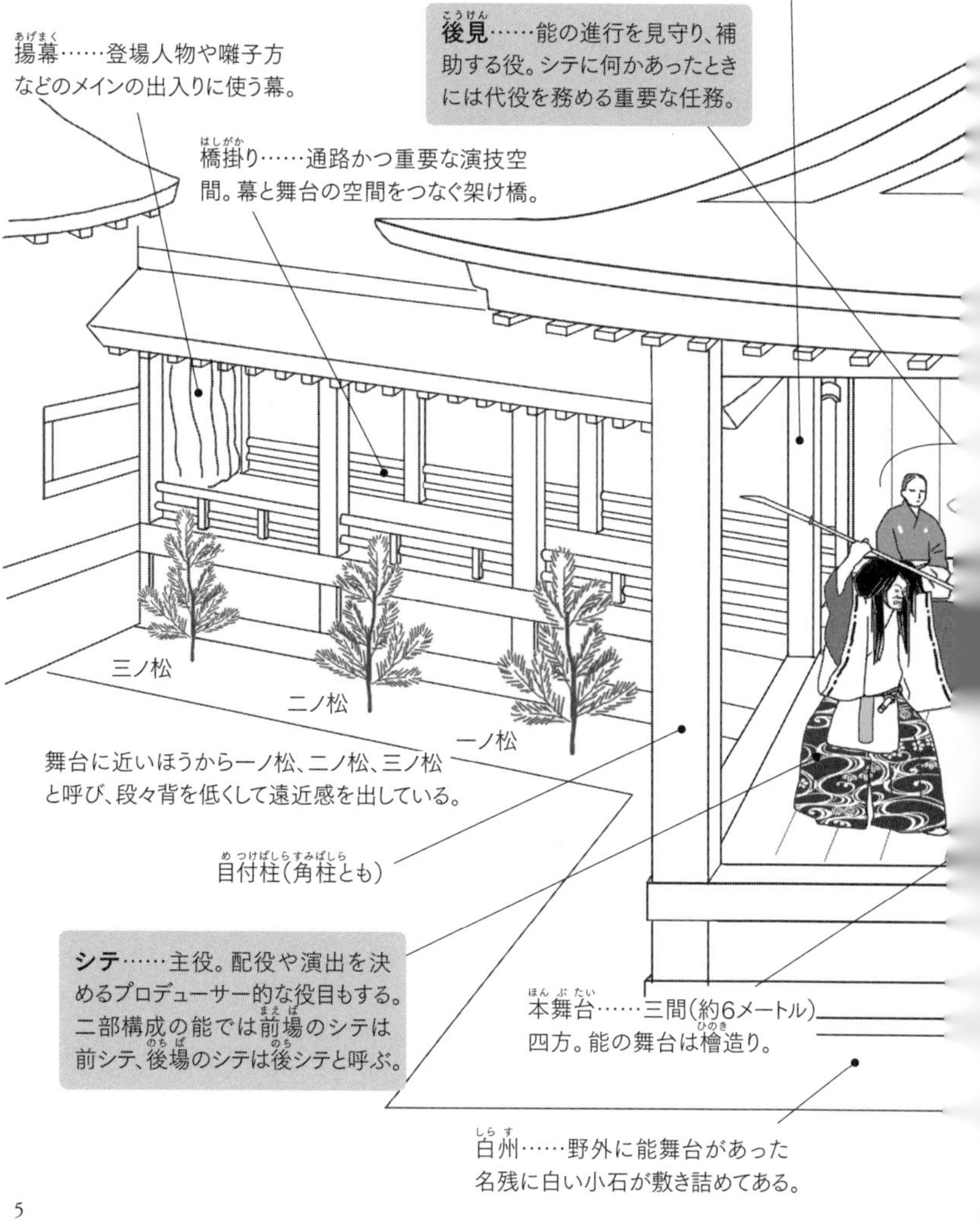

シテ柱
揚幕《あげまく》……登場人物や囃子方などのメインの出入りに使う幕。
後見《こうけん》……能の進行を見守り、補助する役。シテに何かあったときには代役を務める重要な任務。
橋掛《はしがか》り……通路かつ重要な演技空間。幕と舞台の空間をつなぐ架け橋。
三ノ松
二ノ松
一ノ松
舞台に近いほうから一ノ松、二ノ松、三ノ松と呼び、段々背を低くして遠近感を出している。
目付柱《めつけばしら》（角柱《すみばしら》とも）
シテ……主役。配役や演出を決めるプロデューサー的な役目もする。二部構成の能では前場《まえば》のシテは前シテ、後場《のちば》のシテは後《のち》シテと呼ぶ。
本舞台《ほんぶたい》……三間（約6メートル）四方。能の舞台は檜《ひのき》造り。
白州《しらす》……野外に能舞台があった名残に白い小石が敷き詰めてある。

曲目の分類

能は謡《うたい》と舞によって物語が進行していく歌舞劇。現在上演されている曲目だけでも二百曲以上あります。シテの役柄によって神・男・女・狂・鬼の五種に分類した「五番立《ごばんだて》」がもっともポピュラーで、江戸時代はこの分類に基づいた五曲の能の間に、四つの狂言を挟んで演じられていました。公演が長時間におよぶため、正式な五番立は現在ではほとんど行われず、プログラムを簡略化して催されています。また、『翁《おきな》』という曲目だけは別格で、この分類のどれにも当てはまらず、上演する場合は常にいちばん最初に行われます。

⦿脇能物《わきのうもの》（初番目物）

神を主人公として平和や幸福を祈ったり、神社仏閣の縁起を語ったりする。祝言的な要素が強い。

⦿二番目物（修羅物《しゅらもの》）

男が主人公。源氏や平家の武将が死後も修羅道で苦しむ様子を描く。

⦿三番目物（鬘物《かづらもの》）

女が主人公。幽玄で優雅な舞が見どころになる、能の代表的ジャンル。

⦿四番目物（雑能《ざつのう》）

何かを思い詰めた「物狂い」が主人公のものをはじめ、執心、怨霊、人情ものなど、ほかのジャンルに入らないものはここに分類される。感情移入しやすい、ドラマ的要素の強い話が多い。

⦿五番目物（切能《きりのう》）

鬼や妖怪などの「異類」が主人公。華やかで派手な演出で最後を飾る。

能の本　もくじ

掲載20曲〈50音順〉—索引

本書の見かた

◉初心者の方が読んでも楽しめるよう、専門的な説明はなるべく省いています。面白くて奥深い能の世界に、本書で一歩足を踏み入れてください。

◉ものがたりは基本的に原文をもとに実際の進行に沿って描き、できる限り各流派に共通する内容を採用していますが、流派によって様々な演出や細かい相違もあり、本書の通りではない場合があります。また、ものがたりが作られた当時の時代的な表現を変更することなく使用している場合があります。

◉曲名の表記は宝生流を基本に、他流で異なる曲名または表記のときはカッコ書きで示しました。曲順については特にルールを設けず、できるだけ曲調が偏らないようにしています。

◉マンガやイラストは舞台とは異なる表現もありますのでご了承ください。

能の入り口厳選20曲

高砂

［たかさご］

初番目・男神物

❖作者／世阿弥　❖素材／『古今集』仮名序「高砂住の江の松も相生のやうにおぼえ」など

❖登場人物／前シテ…尉〈住吉の松の精〉（面小尉）　後シテ…住吉明神（面邯鄲男）　ワキ…阿蘇の宮の神主・友成　ツレ…姥〈高砂の松の精〉（面姥）　ワキツレ…従者　アイ…高砂の浦人

❖場所／前場…播磨国、高砂　後場…摂津国、住吉　❖時／早春

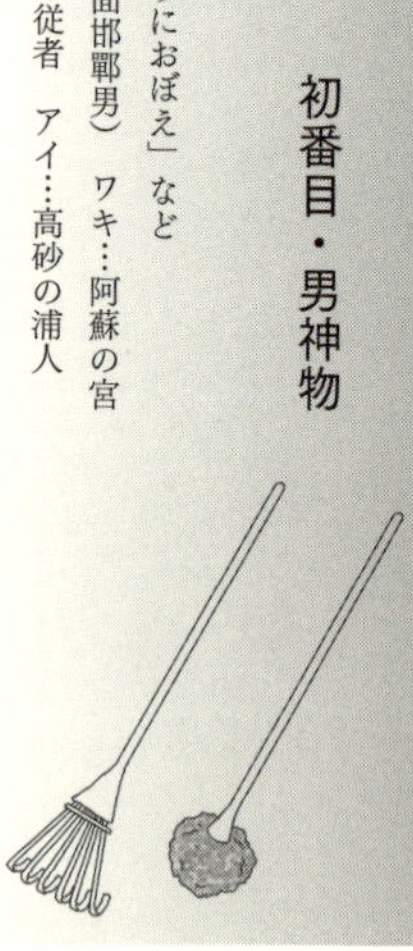

そそる台詞

高砂《たかさご》や、この浦舟《うらぶね》に帆《ほ》をあげて
月もろともに出《い》で潮《しお》の
波の淡路《あわじ》の島影《しまかげ》や
遠く鳴尾《なるお》の沖過ぎて
はや住《すみ》の江《え》に着きにけり

千秋楽《せんしゅうらく》は民を撫《な》で
万歳楽《まんざいらく》には命を延ぶ
相生《あいおい》の松風《まつかぜ》
颯々《さつさつ》の声ぞ楽しむ

高砂の松と住吉の松は「相生の松」と呼ばれる「夫婦の松」だ
高砂
住吉
ワキツレ：従者
ワキ：阿蘇神社の神主・友成《ともなり》
ここが噂の高砂の浦か
ツレ：姥
杉箒《すぎぼうき》
面：姥
シテ：老人
面：小尉
熊手
高砂の松はどれですか？
これですよ
私は住吉の者
妻は高砂の者です
相生の松のいわれを話す老夫婦
あなたたちは一体どなたですか？
なにを隠そう相生の松の精である
ぼーぜん
住吉でお待ちします
それは住吉大明神ですよ 早く住吉にお参りに行かなければ
アイ：里人
高砂や～ この浦舟に 帆を上げて～
住吉に着くと約束どおり住吉明神が現れた
相生の松風 颯々《さつさつ》の声ぞ楽しむ
後シテ：住吉明神
面：邯鄲男《かんたんおとこ》

高砂　ものがたり

一

九州は肥後国《ひごのくに》、阿蘇《あそ》神社の神主《かんぬし》・友成《ともなり》は、まだ京の都を見たことがございませんでした。

春の初めのある日、

「思い立った今、ひとつ出掛けてみよう」

と従者を伴い、船に乗り込みました。

おだやかな風を受けて、船はのどかに進みます。もう何日経《た》ったのかも朦朧《もうろう》として、どこをたどってきたのかもぼんやりとしてきた頃、白雲のたなびく彼方《かなた》にあると思っていた播磨《はりまの》国《くに》・高砂《たかさご》の浦《うら》に着いたのです。

高砂の浦にある『高砂の松』と摂津国《せっつのくに》・住吉《すみよし》の入り江（住《すみ》の江《え》）にある『住の江の松』は、『相生《あいおい》の松』というめでたい名で呼ばれる名木。良い機会なので、立ち寄って見物して行こうと思っていたのです。

「ああここが、うわさに聞く高砂の浦か。『高砂の松』はどこにあるのだろう。このあたりの人に聞いてみようか」

「そうです。お聞きになるほうがよろしいですね……あ、あそこに、松の手入れをしているおじいさんとおばあさんがいますよ」

友成が従者の指さす方を見ると、杉箒《すぎほうき》を持った老女と、熊手《くまで》を持った老人が、松林を渡る春風に吹かれながら松葉を掃《は》いております。日も暮れかけて、高砂の尾上《おのえ》の鐘の音が響いてきます。神社の近くまで打ち寄せる波は、磯辺の春霞《はるがすみ》に隠れ、その波音ばかりが潮の満ち干を知らせています。松葉を掃く様子もなかなか風雅なその老人と老女が、何か語り合っているのに、友成は耳を傾けました。

「誰《たれ》をかも
知る人にせん高砂の
松も昔の
友ならなくに

――一体、誰を友達と言おう。この年を経た高砂の松も、昔からの友ではないのだからね、おばあさん」

「過ぎてきた年月は、知らず知らず白雪のように降り、頭《こうべ》も雪が積もったように白くなり、老《お》い鶴《づる》のねぐらに残る暁《あかつき》のころ、有明《ありあけ》の月が空に残る春の霜夜《しもよ》に目覚めるときも、松の梢《こずえ》を吹く風ばかりを聞く身の上。松風を心の友として思いを語るばかりですね、おじいさん」

「本当に、訪ねてくるものといえば、松林を吹き渡る浦風ばかりだなあ」

「松の落ち葉の降りかかる袖《そで》を添えて箒を持ち、高砂の松の下を掃きましょうよ」

「ここは高砂。尾上の松も樹齢を重ね古木となり、その老松《おいまつ》の下を掃く我等も年を重ねて、浦波ばかりか皺《しわ》もより、寄る年波。なおいつまで生きることやら」

　さきほどからこの夫婦らしい老人の様子を見ておりました友成は、『高砂の松』のことをたずねてみようと声を掛けました。

二

「もしもし、お教え願いたいことがございます」

「私におたずねですかな」

「はい、『高砂の松』というのは、どの松のことか、ご存じでしょうか？」

「それなら、私が松葉を掃いているこの松こそが、『高砂の松』ですよ」

「この松がそうでしたか。高砂にあるこの松と住の江にある松はずいぶん離れておりますのに、どうして『相生《あいおい》の松』と呼ばれているのでしょう」

「よく知っておいでですね。古今集《こきんしゅう》の序文にも、『高砂住の江の松も相生のやうに覚え』とありますな。ところで、私は住吉の者で、これは私の妻ですが、高砂の者なのです」

友成は、不思議に思ってたずねました。

「住吉と高砂に離れて住んでおられても、ご夫婦なのですか？」

老女は友成をあきれたように見ました。

「これはまあ、情けないことを言われますねえ。山川万里《さんせんばんり》を隔《へだ》て住んでも、夫婦の心が通じていれば、遠くはございませんよ」

老人も、そうだそうだとうなずきました。

「考えてもごらんなさい。感情の無いはずの高砂住の江の松でさえ『相生』と呼ばれております。まして、こちらは有情《うじょう》の人間。長年、住吉から妻の所に通いなれて、松と共にこの年まで相老《あいお》いた私達は、相生の夫婦なのです。なんの不思議がありましょう」

友成はなるほどと感心しました。

「本当にそうですね。ところでこの辺りに、『相生の松』の昔話はございますか？」

「昔の人の申すには、『相生の松』とは、めでたい御世のたとえだそうです」

「高砂というのは、万葉の上代のことで……」

「住の江というのは、今の延喜《えんぎ》の御代《みよ》のこと」

「松というのは、永遠《とわ》に尽きぬ言の葉《ことは》、つまり和歌の道のこと」

「万葉集の昔も古今集の今も、和歌の道は変わらず栄えて、この国の永遠の繁栄を寿《ことほ》いでいるのです」

友成は『相生の松』が、万葉集と古今集、古代と当代の二つを共に寿ぐ象徴だとわかりました。

「なるほど、ありがたい意味があるのですね。すっかり疑問が晴れました。折しも時は春」

「その春の、やわらかな光に輝く西の海の」

「あちらは、住の江」

「こちらは、高砂」

「松も色鮮やかに」

「春も」

「のどかに」

「国はめでたく治まり、季節に合わせて吹く風も木々の梢を揺らさぬ太平の御代。そのような良き御代に住んでいることは、まことにありがたいことなのですよ」

友成はこの老人の言葉に感じ入って頼みました。

「高砂の松のいわれを、もっと詳《くわ》しくお聞かせください」

三

老人はさらに物語りました。

「そもそも『草木《そうもく》心なし』と申しますが、花が咲き、実を結ぶ時を間違えることなく、陽春《ようしゅん》ともなれば、南の枝から花が開き始めます。しかし、この松は四季がめぐっても変わらず、千年このかた、雪の中でも松の緑は深く、松の花は千年に一度、繰り返し十回咲くと言われております。つまり一万年の寿命なのです。

このようにめでたい松は和歌の美しい言葉で詠《よ》まれ、心を磨く歌の題になり、『古今集』の仮名序《かなじょ》に『やまと歌は人の心を種として、よろずの言の葉とぞなれりける』とあるように、生きとし生ける者は、心に感じることをさまざまな言葉で歌に詠むのです。松は万木《ばんぼく》にすぐれ、その名にふさわしい高貴な佇《たたず》まい。千年の緑をたたえ、今も昔も変わらない。秦《しん》の始皇帝から爵位《しゃくい》を授《さず》かったほどの木であると、異国でもわが国でも、これをほめ称《たた》えるのです」

老人がそう語ったとき、高砂の尾上の鐘が鳴りました。老人は続けます。

「暁に霜《しも》が置いても、松の枝の葉は変わらぬ深緑。朝な夕なにこの高砂の松の木のもとに立ち寄り、このように落ち葉を掃きます」

老人は熊手を手に持ち、こぼれ散った松葉をかき寄せて、眺めます。

「かき寄せてもかき寄せても松葉が尽《つ》きぬのは、永き世のたとえとされた常磐木《ときわぎ》であるからです」

老人は松の木の下を掃き清め終えると、友成に向き合いました。

「中でもとりわけ名高い高砂の『相生の松』は、まことにめでたいものなのです」

「その名高い高砂の松のように年を重ねておられるあなた方は一体、どなたなのです？」

「今はなにを隠そうか。我々は、高砂住の江の相生の松の精である。こうして夫婦の姿で、現れ出でたのだ」

「ええ！　それでは、名高い松の精霊の化身であられたのか」

「草木には心がないと言われるが、このありがたい御代の永遠を願っているのだ。まず、私は住の江に行き、あちらであなたをお待ちしよう」

老人はそう言うと、夕波の寄せる浜辺の漁師の舟に乗り、帆《ほ》に追い風をはらんで、沖の方に出て行ってしまいました。

四

友成はしばし茫然《ぼうぜん》としておりましたが、従者にこの浦の里人を呼んで来させました。

「私は、九州は阿蘇神社の神官・友成と申す者です。初めてここに参りましたので、高砂の松の由来をあなたにもお聞きしたいのです」

「畏《かしこ》まりました。高砂と住吉の明神は夫婦の神と言われています。お互いに相手の神社の松の木のもとで会い、神語《かみかた》らいをなさり、幾久《いくひさ》しく行き来なさるので、相生の松とこの辺りの者が呼び慣わしております。高砂と住吉は一体分身《いったいぶんしん》の神で、和歌の古今の道が栄えるのも、夫婦の和合もひとえに両社のご神徳なのです。松はめでたく千年万年の寿命を保ち、松ほどめでたいものはないと、両神とも神社に植えたので、相植《あいう》えの松とも申します。この地を五十六億七千万歳までもお守りくださると聞いております。

まず、知っているのはこんなところですが、どうして由来をおたずねなさったのですか」

浦の男はすらすらと語りました。友成はたいそう感心しました。

「ご丁寧にありがとうございます。実は、あなたが来る前にここに、老夫婦がおられて、高砂住吉の松のいわれをそれは詳しく教えてくださいましたが、『それでは、住吉の方でお待ち申そう』と、波打ち際《ぎわ》に泊めてあった小舟に飛び乗り、沖を指して出ていって、姿が見えなくなってしまいました」

「ええっ、それはすごい。あなたは前代未聞の吉兆《きっちょう》を目《ま》の当たりにされたのですよ。さては、先ほど物語りしたとおり、住吉大明神が老人の姿でこの高砂に来て、松の落ち葉を掃いておられたその時に、あなたが声を掛けられたと推量いたします。その住吉大明神が住吉で待っているとおっしゃったのですから、あなたは一刻も早く住吉へご参詣して然《しか》るべきでございましょう。

おお、そうだ。ちょうど舟を一艘《そう》造って、まだ乗り初《ぞ》めしていないものがございます。どなたかおめでたいことで乗り初めをしていただこうと思っておりましたところでございます。あなたは、阿蘇神社の神官であられて、高砂と住吉の神様にお声を掛けていただいたほどの神慮《しんりょ》めでたきお方です。そのような方に乗り初めをしていただけたら、船路の行く末まで、千秋万歳《せんしゅうばんざい》、めでたかろうと存じます。どうぞ、私どもの新しい舟にお乗りください。私が舵《かじ》を取って、住吉までお供《とも》させていただきますよ」

「それは、ありがたい。さっそくあなたの舟に乗せていただき、住吉に参りましょう」

「おお、ご覧なさい。ちょうど追い風が吹いて参りましたよ。急ぎ、舟にお乗りください」

「心得ました」

五

一同は、高砂の浦から、舟に帆を上げて月の出と共に出発しました。

高砂や
この浦舟《うらぶね》に帆を上げて
この浦舟に帆を上げて
月もろともに出《い》で潮《しお》の
波の淡路《あわじ》の島影《しまかげ》や
遠く鳴尾《なるお》の沖過ぎて
はや住《すみ》の江《え》に着きにけり
はや住の江に着きにけり

――高砂の浦から舟の帆を上げて、月の出とともに満ち潮の海に乗り出すと、波の向こうに眺めた淡路島も遠くなり、鳴尾の沖を過ぎ、早くも住の江に着いたのでした――すると、約束通り住吉大明神が、若々しい神のお姿で現れ出でたのです。

六

夜神楽《よかぐら》の神官達は鼓《つづみ》の拍子をそろえ、住吉大明神は謡《うた》います。

「春なれや、残《のこ》んの雪の浅香潟《あさかがた》——春まだ浅く、残雪が薄く残る住吉の岸辺、
松の根方に寄り掛かれば、
千年の翠《みどり》の松葉が手のひらにこぼれ、
梅の花を折って頭《こうべ》に挿《さ》せば、
花びらは、春の淡雪のように衣に落ちかかる」

折しも、月が澄み、住吉明神は颯爽《さっそう》と神舞《かんまい》を舞いました。舞姫たちが澄んだ声で歌うのが聞こえます。青海波《せいがいは》の舞、還城楽《げんじょうらく》の舞、千秋楽《せんしゅうらく》を奏して、万歳楽《まんざいらく》を舞い、世の平安、君の長寿をお祈りし、相生の松の舞は続くのでした。

松の梢に爽やかな風が吹き渡っておりました。

満次郎のここが面白い『高砂』

おめでたい曲の中でも最も祝言性が高く、大事にされている曲です。神事能としては「翁」が祈りの能として存在しますが、神を主人公にした「脇能」というジャンルでは別格とされます。特に江戸時代、能楽が式楽という幕府の儀礼に用いられた頃には、城・家・屋敷などの新築時には必ずこの『高砂』が演じられたといいます。特殊な力を持ち、永遠の生命を表す「松」を主題にし、「相生の松」は夫婦和合の象徴でもあるところから、結婚式でも必ず謡われたものでした。また、クセ（曲の主題や縁起を語り舞う部分）には「始皇の御爵に預かる程の木なりとて」とありますが、これは始皇帝が狩りで雷雨に見舞われた際に、雨宿り先の松の大木が葉を拡げて皇帝に覆いかぶさり雷雨から防いだために、皇帝から大夫という爵位を賜《たまわ》った、という故事を引用しています。なんと面白いエピソードでしょう。さらに「高砂や〜」の有名な部分は、神主友成が住吉明神の神体を目の当たりにできる期待を胸に、揚々と船出する場面、まさに人生の船出には相応しい謡です。この「高砂や〜」の謡は昔は寺子屋でも教わったもの、現代でもちょっと教われば子どもでも直ぐに謡える（本式にという意味ではなく）ものです。そのうち小学校の先生が教えて下さる時代になれば……と願います。

敦盛

［あつもり］

二番目・公達物

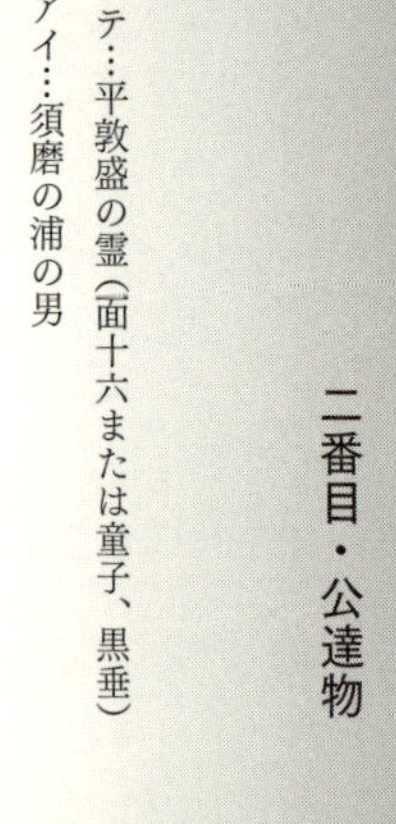

❖作者／世阿弥　❖素材／『平家物語』巻九など

❖登場人物／前シテ…草刈男〈敦盛の化身〉　後シテ…平敦盛の霊（面十六または童子、黒垂）

ワキ…蓮生法師　ツレ…草刈男達　アイ…須磨の浦の男

❖場所／一ノ谷　❖時／八月（一ノ谷合戦から数年後）

そそる台詞

草刈笛《くさかりぶえ》の声添へて
草刈笛の声添へて
吹くこそ野風《のかぜ》なりけれ

敵《かたき》はそれぞと討たんとするに
仇《あだ》をば恩にて
法事の念仏して弔はるれば
つひには共に生《んま》るべき
同じ蓮《はちす》の蓮生法師《れんしょうほうし》
敵にてはなかりけり
跡《あと》弔ひて賜《た》び給《たま》へ

平敦盛を討った
熊谷直実《くまがいなおざね》は出家して
蓮生《れんしょう》法師となる
ワキ：蓮生法師
敦盛の御菩提を弔い申さばや
笛の音
シテ：草刈男
草刈の吹く笛ならば青葉の笛とおぼしめせ
ツレ：同行者三人
挟草《はさみぐさ》
草刈男は敦盛の霊だった
青葉の笛は小枝《さえだ》の笛のこと
敦盛愛用の笛だ
16歳の美少年
一の谷合戦で熊谷直実は敦盛を討った
蓮生の夢に敦盛が現れる
懺悔の物語をしよう
後シテ：敦盛
面：十六
負け修羅扇
因果は巡り合いたり敵はそれぞと討たんとするに…
同じ蓮の蓮生法師
敵にてはなかりけり
蓮生に斬りかかるが太刀を捨てた
ぱた

敦盛　ものがたり

一

……この世が夢の世であると、はっと気づいて世を捨てた。だが世を捨てたことは確かに現実なのであろう……

武蔵国《むさしのくに》の住人・熊谷次郎直実《くまがいじろうなおざね》※1は思いました。先ごろの一《いち》の谷《たに》の戦いで、平敦盛《たいらのあつもり》を自らの手にかけて命を取ったことがあまりにいたわしく、出家して蓮生《れんしょう》と名乗っていたのです。蓮生は一の谷に行き、敦盛の菩提《ぼだい》を弔《とむら》うことにしました。

蓮生は都を出立し、雲間を出た月が南の空に巡っていくように南へ向かい、淀《よど》、山崎を過ぎて、昆陽《こや》の池のほとりや生田川《いくたがわ》の端を通り、波打ち寄せる須磨《すま》の浦《うら》の一の谷に着いて、敦盛を討《う》った合戦《かっせん》の跡に一人佇《たたず》んでおりました。

（あの時のことが昨日のことのように、ありありとよみがえる……）

すると、野を渡る風の音に混じって、かすかな横笛の音が聞こえてきました。

（誰が吹いているのだろう。浦の者が通りかかるのを待って、この辺りのことをたずねてみよう）

須磨の海辺の夕間暮《ゆうまぐ》れです。やがて、家路《いえじ》をたどるらしい草刈りの男たちが通りかかりました。

「草刈り笛を吹いていると、その音に添うように野を風が吹いていく」

「毎日、こうして岡に草を刈り野をかき分けて夕暮れに家路をたどる。須磨の海近くの家からわずかにある通い路を通り、山に入って木を伐《き》り海で魚を採《と》る。憂《う》き世の辛い生業《なりわい》だ」

「たずねてくれる人があれば……須磨の浦に藻塩《もしお》垂れつつ……侘《わび》しく暮らしていると答えもしようが」

「こんなに零落《れいらく》しては、親しかった友達も訪ねて来てはくれまい。それが憂き世とあきらめて過ごしていくのだ」

そんなことを言い合いながら草刈りの男たちは近くまでやってまいりました。蓮生は呼び止め、たずねました。

「今下りてこられた丘の方から、横笛の音が聞こえましたが……あなた方の誰かが吹いていたのですか」

するとその中の一人が答えました。

「そうです。あの横笛は、私どもで吹いていたのです」

「まことですか。横笛などというものを、草刈りをする者が吹くとは、たいそう風雅なことですね」

「賤《いや》しい身分には似合わぬとお思いですか。『勝るをも羨《うらや》まざれ、劣るをも賤しむな（自分より勝っている者を羨むな。自分より劣っている者を賤しむな）』ということわざもございます。まして、樵歌牧笛《しょうかぼくてき》といって、草刈り男の笛や木こりの歌は、和歌にも詠まれよく知られております。不思議なことではございません」

「まことに、もっともです」

「私たちも、憂き世を過ごしていくために、歌を歌い、舞を舞い、笛を吹くのです。『小枝《さえだ》』、『蝉折《せみおれ》』と世に名高い笛はありますが、草刈りの男の吹くこの笛は、『青葉《あおば》の笛』とでもお思いになってください……」

気がつくと、いつの間にか他の草刈りの男たちはどこかに消えてしまって、若い男だけが一人そこにいるのを、蓮生は不思議に思いました。

「あなた一人留まっておられるのは、何か訳があるのですか？」

「何の訳があるのかと……そう言うあなたの念仏の声をたどって、私はやって来たのです。どうぞ十念《じゅうねん》※2をお授けください」

「たやすいことです。十念をお授け申しましょう。それにしても、あなたは、どなたなのです」

その草刈りの若者は言いました。

「実は私は、この地で死んだ敦盛の、ゆかりの者なのです」

「そうなのですか、敦盛ゆかりの人と聞けば懐《なつ》かしい」

蓮生は南無阿弥陀仏《なむあみだぶつ》を唱えました。すると、若者は合掌《がっしょう》し、蓮生に和して唱《とな》えます。

「若我成仏十方世界《にゃくがじょうぶつじっぽうせかい》
念仏衆生摂取不捨《ねんぶつしゅじょうせっしゅふしゃ》」

若者は、蓮生を見つめて言いました。

「私をお見捨てなさいますな。一度の念仏でさえ十分であるのに、毎日毎夜のお弔いを本当に有り難く思っております……。

我が名は申さずとも明らかでしょう。明け暮れにあなたが回向《えこう》を手向《たむ》けてくださっている者です」

そう言い捨てると、若者の姿はかき消えて見えなくなってしまいました。

二

そこに通りかかった須磨の浦の男は、蓮生の求めに応じて、この地で語られている敦盛の最期《さいご》の物語を語って聞かせました。

「寿永《じゅえい》二年秋の頃のこと、平家は木曽義仲《きそよしなか》に攻められて都を落ちていき、ここ須磨の浦に本拠を移されたのです。源氏は平家を攻め滅ぼそうと六万余騎を二手に分け、押しに押して打ち破り、平家一門は散々《ちりぢり》に御座舟《ござぶね》に乗り、敗走していきました。

そんな中に、修理大夫《しゅりだいふ》・平経盛《たいらのつねもり》の御子・敦盛も、御座船に乗ろうと波打ち際まで来たときに、『小枝《さえだ》』という御秘蔵の笛を本陣に忘れてきたことに気づきました。後で敵の手に落ちることを悔しく思われて、本陣に引き返して笛を取り、戻ってきてみると時すでに遅く、御座舟も兵船《ひょうせん》もことごとく沖へ出た後でした。

馬を泳がせて追いつこうと、海にうち入れなさったとき、良い相手を探して追ってきた武蔵の国の住人・熊谷次郎直実が、

『敵に後ろをお見せになるのか、お引き返しなされ』

と扇を上げてさし招くと、敦盛はすぐさま堂々と引き返してきて、波打ち際で熊谷と馬を並べてむんずと組み、両馬の間にどうと落ちました。

熊谷は剛の者なので、そのままとり押さえて首をかき切ろうと兜《かぶと》の内の顔を見れば、十五、六歳ばかりの美しい若武者でした。ちょうどわが子の小次郎《こじろう》と同じくらいの年だと思うと、どこに刀を突き刺してよいのかもわかりません。直実はその若武者の命を助けようと思いましたが、その時、後ろから土肥實平《といさねひら》、梶原景時《かじわらかげとき》など十騎ばかりが迫ってきました。

『お助けしたいのはやまやまだが、ご覧のとおり後ろから味方が大勢続いている。私の手にかけ、しっかりとお弔いいたそう』

直実は自らの手でその首を掻《か》いたのです。死骸を見ると、錦の袋に入れた横笛を腰に挿《さ》していました。大将・義経にお目にかけたところ、このような戦の中でも笛を持っていたのは、平家の公達の中でも優しい御方だったのだなとおっしゃって、皆々、鎧《よろい》の袖を濡らしたと申します。その公達の御名は経盛の御子無官《むかん》の大夫《たいふ》敦盛であると、後にわかりました。このあたりの者は、

『熊谷は出家して敦盛の菩提を弔うなどと申しているが、そんな心がけの者ならその時にお助けしただろうに、助けなかったのだからこれは偽りだろう。その熊谷がここへ来ようものなら打ち殺して敦盛の供養にしてやりたいものだ』

と、そんなふうに申しております。

だいたいこんなところが我等の聞き及んでおりますところですが、いったい、どういうわ

けで、おたずねになったのですか。たいそう不審に思います」

蓮生は浦の男の話を聞き終えて、

「詳しくお話しいただきましたな。今は何を隠し申そう。私は、熊谷次郎直実出家し、蓮生と名乗る法師です。敦盛の菩提を弔い申さんため、ここまでやって参りました」

「ええ、それでは、その熊谷殿でございますか。左様なこととも存じ上げず、軽率に失礼な物語を申しました。お許しください。善に強いは悪にも強しと申しますが、正にあなたのことですね。ますます敦盛のお弔いをしていただきたいと存じます」

「いやいや、気になさいますな。ここへ参ったのも敦盛の菩提を弔い申すため。しばらく逗留《とうりゅう》し、ありがたいお経をあげ供養申そうと思います」

「そうですか、ではお宿を用意いたしましょう」

浦の男は宿を整えに去っていきました。

三

（あの草刈りの男は、私がこの手に掛けて殺した敦盛の亡霊であったのか）

蓮生は弔いの法事をして、夜もすがら念仏を唱えました。すると、敦盛の亡霊が立ち現れて言いました。

「淡路潟《あわじがた》へ通《かよ》う千鳥《ちどり》の鳴く声に幾度も夢を破られる須磨《すま》の関守《せきもり》のように、目覚《めざ》めているのは誰ですか……蓮生法師、敦盛が参りました」

「これは不思議な。念仏の鉦《かね》を鳴らし法事をしてまどろむ暇もなかったのに、敦盛がたずねて来られた。いつの間にか眠って夢をみたのだろうか」

「決して夢ではない……現世にいた時の罪の報《むく》いをあの世で受けている。それを晴らすため、ここまでやってきたのです」

「情けないことをおっしゃいますな。

一念弥陀仏即滅無量罪《いちねんみだぶつそくめつむりょうざい》

――ひとたび阿弥陀仏を念ずれば、どんな罪も滅することができる――と念仏を唱え、法事を絶やさぬ功徳《くどく》により、成仏を妨げる罪障《ざいしょう》は晴らされておりますぞ。もはや、成仏出来ぬ何の因果がありましょう」

「私の深い罪障を弔い浮かべてくださるのか」

「それは、私自身が成仏し、迷いを脱する縁ともなるのです」

「後世に成仏するために積む功徳なのですね」

「そうです。かつては敵でしたが」

「今は仏の道を求める」

「まことの法の道を求める」

「友なのですね……このことだろうか、『悪人の友を振り捨てて、善人の敵を招け』とは。敵であっても善人ならば近づけよとは、あなたのことなのですね。ありがたいことです、私の過去の罪業の懺悔《ざんげ》の物語を、夜の明けるまで、ひと思いに申しましょう」

四

敦盛の亡霊は、語り始めました。

「春の花が下の枝から梢《こずえ》に向けて咲いていくのは、天に菩提《ぼだい》を求める機縁を衆生に勧めるため。秋の月の光が空から水底に向けて射し込むのは、仏が下界に下りていって衆生を教え導く姿を見せるため。我が平家一門が、門を連ね枝を連ねるように栄耀栄華《えいようえいが》を極めた様は、木槿《むくげ》の花が儚《はかな》い一日の栄華を誇るようなものでした。

仏法にはなかなか廻り会えず、せっかく人間界に生まれたこの世が光のように過ぎ去ることにも気づかずうかうかと過ごし、知らず知らずに、私たちは高い地位にいて下の者を苦しめ、富んで驕《おご》り高ぶってそれを当たり前に思っていたのです。平家一門が栄えた二十余年は、夢のように過ぎ去りました。

寿永《じゅえい》の秋の頃、都を落ち、小舟で波を枕に暮らし、夢の中でさえ都に帰ることが出来ず、籠《かご》の鳥が雲を慕い、北へ帰る雁《かり》の列が乱れてしまったように、一族が離れ離れになり、行き先のわからぬまま、さ迷い続ける月日も重なって年の明けた頃、この一の谷に居城を構えて立て籠《こ》もり、しばらく須磨の浦に暮らしたのです。

ここは後ろの山から吹き下ろす風が冷たく、ふもとの平地の寒さも冴《さ》え返り、海辺には、夜となく昼となく浜千鳥が鳴いて、その声に涙を誘われました。我等は涙に濡れた袖を枕に、海人《あま》の苫屋《とまや》に共寝をしていました。親しくするのは須磨の者ばかり。浜辺の松の根方で夕餉《ゆうげ》の煙を立て、柴というものを折り敷いて、物思いしながらこの山里に住み、すっかり須磨人《すまびと》になってしまったわが一門の行く末の悲しさ……」

五

敦盛の亡霊は蓮生に語り続けます。

「さて、二月六日の夜、我が父・経盛《つねもり》が我らを集めて、今様《いまよう》※3を歌い、舞い遊んだのですが……」

「さては、その夜の歌舞の遊びだったのですね。城の中で、それは面白い笛の音がして、寄せ手の我等※4の陣まで聞こえてきたのは」

「そうです。それこそ私が最後まで携えていた笛……」

「本当にいい音色でした」

「それから、今様や朗詠をして……」

「そうそう、口々に歌うのが聞こえました」

「調子をそろえて、声を上げて歌ったのです。そうして、舞いました。このように……」

敦盛の亡霊は凜々《りり》しく優しく舞を舞いました。

「戦いが始まり、やがて負け戦になり、幼い安徳《あんとく》天皇をお守りし、一門の者は皆、船に乗って海に浮かんだのです。私も乗り遅れまいと汀《みぎわ》に馬を駆けていきましたが、その時には御座舟も兵船もはるかに沖に遠ざかっていました。私は、波打ち際に茫然《ぼうぜん》と馬を止めました。

その時、後ろから熊谷次郎直実が、逃がさじと追ってきました。私は馬を引き返し、こうして太刀《たち》を抜き二打ち三打ち打ち合せたと思ったその時、馬上で組み合って、そのまま波打ち際に落ち重なり、ついに討たれて、死んだのです。

因果はめぐり、今ここであなたにめぐり合った。わが敵を、ここで討ち取ろう」

敦盛は、蓮生に打ちかかろうと太刀を振り上げました。蓮生は一心に念仏を唱えております。

敦盛の亡霊は、振り上げた刀を止めました。

「あなたは……私のために祈ってくれている……今までもずっと祈り続けてくれていた……そうだ、あなたは、ともに蓮《はちす》の上に生まれようと願う蓮生法師。あなたは、もはや敵ではないのですね……どうか、我が菩提を弔ってください」

そう言うと、手にしていた刀をはたとうち捨て、静かに合掌したのでした。

※1 熊谷次郎直実《くまがいじろうなおざね》……武蔵国《むさしのくに》の武将。源平《げんぺい》の合戦の一《いち》の谷《たに》の戦いで源義経《みなもとのよしつね》の軍に属し、鵯越《ひよどりごえ》を逆落《さかお》としに下り平家の陣に一番乗りした。
※2 十念《じゅうねん》……南無阿弥陀仏（阿弥陀仏に帰依《きえ》いたします。浄土にお導きください）と十回念ずること。
※3 今様《いまよう》……平安中期から鎌倉時代に流行した歌謡。『梁塵秘抄《りょうじんひしょう》』は、平安末期に後白河法皇が編纂した今様の歌謡集。
※4 寄せ手《よせて》……攻撃する方の軍、人。

満次郎のここが面白い『敦盛』

敦盛は「青葉の笛」を持つ笛の名手であり、戦の前夜の演奏にも敵陣に届くほどの美しい音色は敵味方隔てなく心を打ち、あるいは勇気づけられ、癒され、または哀しみながら聞いたことでしょう。いわば敦盛の象徴でもあるのは笛の音であり、草刈りたちが笛を吹きつつ登場することは正しく、敦盛を連想させます。そして「悪人の友を振り捨てて善人の敵を招け」という事と「戦争の悲惨さ」をテーマにした曲です。我が子の様な年恰好の公達を仕留めなければならなかった熊谷次郎、十六歳で戦死した平家の公達・敦盛。二人は敵味方でありながら共に救われたく、そして再会することにより、すなわち救われたことと思います。お互いが相手を救ったのでした。善人である所以。

戦の前に優雅に今様を朗詠し舞い奏でた様もあらわし、最後に、甲冑姿の敦盛の霊は刀を振りかざして蓮生法師（熊谷出家して）に切り掛かろうとしますが、自分の成仏の為に弔う蓮生を友と悟り、刀を捨てて合掌する様には、可憐さ、哀れさ、気高さを感じます。

世界の中には未だに少年が紛争に命を落としています。その虚しさや理不尽さを如何にせん。

能の型　切ル型

左手に扇を開いて持ち、扇を矢盾に見立てている。能では太刀を振りかざして切る型は右手一本のみを使い、両手を使って太刀を振り下ろすことは通常はしない。

井筒 ［いづつ］

三番目・鬘物

❖作者／世阿弥　❖素材／『伊勢物語』二十三段

❖登場人物／前シテ…女（面増）　後シテ…井筒の女の霊（面増）　ワキ…旅の僧

アイ…櫟本の者

❖場所／大和国、在原寺　❖時／秋

そそる台詞

筒井筒《つついづつ》、井筒にかけしまろが丈《たけ》
生《お》ひにけらしな妹《いも》見ざる間《ま》に
比《くら》べ来《こ》し、振分髪《ふりわけがみ》も肩過ぎぬ
君ならずして、誰《たれ》か上《あ》ぐべき

亡婦魄霊《ぼうふはくれい》の姿は、しぼめる花の
色《いろ》なうて匂《にお》ひ残りて在原《ありわら》の
寺の鐘もほのぼのと
明くれば古寺《ふるてら》の
松風《まつかぜ》や芭蕉葉《ばしょうば》の
夢もやぶれて覚めにけり

「井筒」は夢幻能の代表作だ
旅の僧が在原寺に立ち寄る
ワキ…旅の僧
ここは昔
在原業平《ありわらのなりひら》と
有常《ありつね》の娘が
住んでいた
ところ
ともに
弔はん
里の女が
現れる
前シテ
面：増
毎日古塚に
花水を手向けて
おります
女は昔語りを
始めた
昔幼子が二人
井戸に姿を
映して
睦まじくして
おりました
やがて大人になって
歌を詠み交わし
結ばれたのです
愛人の元へ出かけた業平が
ふと気になって
妻の様子を見に戻ると…
君はご無事
かしら…
私のことを
案じてくれて
いるのか
もう浮気は
やめよう…
女は姿を消す
あなたは
いったい？
私こそ
井筒の女
有常の娘
僧の夢に業平の
冠と直衣《のうし》を着た
女が現れる
形見の直衣
身に触れて
昔男に移り舞
後シテ
井筒の女は
水に映った
自分の姿に
恋しい業平の
面影を見るのだ
見れば
なつかしや
我ながら
なつかしや

井筒　ものがたり

一

諸国を廻《めぐ》り歩く一人の僧が、奈良の七大寺《しちだいじ》※1の参拝を終え、初瀬《はつせ》の長谷寺《はせでら》へ向かっておりました。

ふと気づくと、荒れ果てた寺の前に来ておりました。辺りの者にたずねると、在原寺《ありわらでら》の跡だと申します。それなら立ち寄ってみようと、僧は寺の境内へ入っていきました。

(この在原寺は、昔、在原業平《ありわらのなりひら》※2がその友・紀有常《きのありつね》の息女を妻とし、夫婦でお住みになった石《いそ》の上《かみ》という所であろう。『風吹けば沖つ白波龍田山《たつたやま》……』という歌もここで詠《よ》まれたのだろう。思いがけず伊勢物語のゆかりの地を訪れたのだから、業平とその妻ともどもに弔《とむら》うことにしよう)

僧が回向《えこう》を手向《たむ》けておりますと、数珠《じゅず》をかけ水桶《みずおけ》を手にした美しい里の女が一人やってまいりました。

女は思いました。

(こうして暁《あかつき》ごとに仏前に供《そな》える水を汲《く》むと、その水に映る月は澄《す》み、私の心も澄み渡る……それでなくても寂しい秋の夜。ましてここは訪れる人もまれな古寺。庭の松の梢《こずえ》を吹く風は凄《すさ》まじい。荒れて傾く軒端《のきば》に生える忍ぶ草のように、忘れていた昔を偲《しの》び顔に、私は待つ甲斐《かい》もなくいつまで生きながらえているのだろう。何につけても、人には思い出が残るもの。それが世の常……そんな迷いを断って、絶えずひたむきにお頼みする仏様。その御手の救いの糸にすがり、お導きくださいと念仏を唱えることにしよう。仏様は、人の迷いの心を照らそうと誓願《せいがん》を立てられた。有明の月は極楽浄土があるという西に向かって動いていく。けれども今は、秋の空を吹き渡る松風が聞こえるばかり。嵐が行方《ゆくえ》を定めず吹き荒れるように定めないこの世。迷いの夢を覚ましてくれるものはない)

里の女は古寺の庭の井戸から水を汲み上げて水桶に入れ、ひとつの塚に回向を手向けております。僧はいぶかしく思って、声をかけました。

「あなたは一体、どういうお方でいらっしゃいますか」

「私はこの辺りに住まいする者です。この寺に供養されている在原業平は、後世に名を残した人。その墓はこの生い茂る草の陰なのか、詳しいことは存じませんが、花水を手向けてお弔い申し上げております」

「女性の身でこのようにお弔いなさるとは、あなたはきっと業平にゆかりのあるお方なのですね」

「業平は生きていたときでさえ、『昔男《むかしおとこ》』※3と呼ばれていたとか。ましてやその時代も遠い世となりました。私に縁もゆかりもあるはずはありません」

「遠い昔の人となっても、今も人々に語り伝えられていますね」

「世に語り伝えられ、昔男という名ばかりは残っていても、在原寺の跡は古び、松も老い、草の生い茂るこの塚がわずかにその亡き跡のしるしなのです。この一群れの薄《すすき》の穂はいつの世の名残でしょう。草茫々《ぼうぼう》として露《つゆ》に濡れるばかりのこの荒れ果てた塚を見ると、昔なつかしい心持ちがするのです……」

僧が業平の物語を詳しく聞かせてほしいと頼むと、女はこう語り始めました。

二

「昔、在原業平はここ石の上の里に永らく住んでおられました。春の花、秋の月を楽しみ、紀有常の娘と契《ちぎ》り、夫婦の心は深く結ばれておりました。けれども一方で、河内《かわち》の国高安《たかやす》の里に愛する人があって、そちらにも忍んで通っておられました。

ある日、業平は高安の里の女のもとへ出かけた後ふと引き返し、秘《ひそ》かに妻の様子を見ておりますと、有常の娘はこんな歌を詠みました。

風吹けば
沖つ白波龍田山《しらなみたつたやま》
夜半《よわ》にや君が独《ひと》りゆくらん

（風が吹けば沖の白波がたつ。龍田山を、夜半にあの人は一人で越えているのでしょうか）

夜道を行く夫の身を案じる心が通じたのか、業平と高安の里の女との関係は途切れがちになりました。

さらに昔のお話です。まだ幼い男女が隣同士の家に住んでいました。二人はその門の前の井筒[※4]にもたれて、井戸の水に映したお互いの影を見合って、顔を並べ寄り添い、水が限りなく深いように、深く心を通わせておりました。その幼なじみの二人こそ、業平と有常の娘でした。やがて月日が経ち大人になって、お互いを意識するようになりました。

その後、成長した業平は心のこもった玉のような言葉の恋文に和歌を添えて、

筒井筒《つついづつ》
井筒にかけしまろが丈《たけ》
生《お》ひにけらしな
妹《いも》見ざる間に

（幼い頃、井筒と背比べをしていた私の背も、あなたと会わないうちに、ずいぶん伸びたようですよ）

と詠んで贈りました。その時、女も

比《くら》べ来《こ》し
振分髪《ふりわけがみ》も肩過ぎぬ
君ならずして
誰《たれ》か上《あ》ぐべき

（幼い頃、あなたと長さを比べっこした私の髪も肩を越すほど伸びました。あなたでなくて誰の為に、髪を結い上げて妻になりましょう）

と返したのです。こうしてお互いに歌を詠みかわしたので、紀有常の娘は『筒井筒《つついづつ》の女』とも呼ばれたのです」

「誠に美しい昔物語ですね。それにしても、あなたのご様子は不思議です。どうかお名前をおっしゃってください」

「私はその恋物語の娘……夜にまぎれてやって来ました」

「あなたが、紀有常の娘……」

「そして井筒の女と言われたのも恥ずかしながら私です。契りを結んだのは十九の年……」

そう言うと女は井筒の陰に姿を消してしまったのです。

三

僧が茫然《ぼうぜん》と佇《たたず》んでおりますと、男が一人やって来ました。柿本人麿《かきのもとのひとまろ》ゆかりの大和国《やまとのくに》・櫟本《いちのもと》からこの在原寺に参拝に来たと申します。僧が業平と有常の娘のことをたずねると、男は、二人の幼い頃からの物語の次にこんなことを言いました。

「業平が高安の女のもとに通っても、妻は嫉妬する気配もなく機嫌良く見送るので、業平は、もしや妻にも二心があるのではと疑ったのです。それである夜、高安に出掛けるふりをして引き返し、庭の一叢《ひとむら》の薄の陰に隠れて、秘かに妻の様子を見ておりました。

するど妻は、いつもより美しく着飾り、香を焚《た》いて花を供え、高安の方向をみて歌を詠みました。それは夜半に山道を行く夫を案じる歌でした。そしてやるせなさそうに奥へ入っていったのです。それで、業平は妻を疑ったのが間違いであったことを知り、高安の女のもとへも通わなくなったということです。

その後夫婦は亡くなって、住まいしていた跡に寺が建てられ、在原寺と名付けられたのです」

「実は先ほど、いずくからともなく女人が一人現れて、業平の塚に回向を手向けておられたので名をたずねると、有常の娘と名乗り、井筒の陰に消えていったのです」

「そうでしたか。それはきっと有常の娘の亡霊でしょう。どうかしばらくご逗留《とうりゅう》なさって、夫婦共々お弔いしてさし上げてください」

「そうですね。懇《ねんご》ろにご供養することにいたしましょう」

櫟本の男は、ご逗留ならまた、何でもおっしゃってくださいと言って帰って行きました。

四

夜も更け、在原寺に月光が差しています。旅の僧は、昔物語の夢を見ようと、衣の袖を返して苔《こけ》の寝床に身を横たえました。
すると、先ほどの女が業平の形見の直衣《のうし》を身につけて現れました。
「あだなりと
名にこそ立てれ桜花《さくらばな》
年に稀《まれ》なる
人も待ちけり
(桜の花は浮気者と言われていますが、私は年に一度来るか来ないかのあなたを待っていたのですよ)
こう詠んだのも私なので、『人待つ女』とも言われました。『筒井筒』の歌を詠みかわし、昔から長い年月馴《な》れ親しんだ業平は、今は亡くなってしまいました。業平の形見の直衣を身につけて、昔男・業平になって舞いを舞うとしましょう」
女は業平の形見の袖を風が雪を吹き回すように翻《ひるがえ》して美しく舞いました。
「ここ在原寺に来て、昔のように井戸に姿を映してみると、月はさやけく澄み渡っています。
月やあらぬ
春や昔の春ならぬ……

（月も春も昔のままではないのに、私だけが変わらずにいる）

業平様がそう詠んだのも昔のこと。

筒井筒
井筒にかけしまろが丈
生ひにけらしな……

私がそう詠んだのも昔のこと。今は老いてしまった。契り交わしたなつかしい業平様の冠《かむり》直衣《のうし》を身につけた私の姿は女とは見えず、業平様の面影のまま。ああ、井戸の水に映る姿の懐《なつ》かしさ。それは私の影なのに……」

亡き女の幽霊は、しぼんだ花が色あせて匂いだけが残っているように、しばらくそこに留まっておりましたが、やがて、在原寺の明け方の鐘も鳴り、空がほのぼのと明るくなっていきますと、古寺に聞こえるのは、松を渡る風の音と、芭蕉《ばしょう》の葉のさやぐ音ばかりになって、その女の姿はどこへともなく消えてしまったのです。

僧の夢は覚め、夜は明けたのでした。

※1　奈良の七大寺《しちだいじ》……奈良周辺の、朝廷の保護を受けた七つの大寺。東大寺《とうだいじ》、興福寺《こうふくじ》、元興寺《がんごうじ》、大安寺《だいあんじ》、薬師寺《やくしじ》、西大寺《さいだいじ》、法隆寺《ほうりゅうじ》。南都七大寺《なんとしちだいじ》とも言う。

※2　在原業平《ありわらのなりひら》……阿保《あぼ》親王の第五子。平安前期の歌人。六歌仙、三十六歌仙の一人。伊勢物語の主人公のモデルで、美男子と伝えられている。古今和歌集仮名序で紀貫之《きのつらゆき》は、しぼんだ花が色はあせたのに香りだけが残っているようだと評している。

※3　昔男《むかしおとこ》……伊勢物語の『昔、男ありけり……』から在原業平は『昔男』と呼び名があった。

※4　井筒《いづつ》……井戸を囲う井桁《いげた》。

満次郎のここが面白い『井筒』

　女性の優雅な幽玄美あふれる「本三番目物」と呼ばれる、三番目物の中でも、際立って格式をもつ曲です。業平と紀有常の息女は幼い時から井筒に姿を映して遊ぶ仲から、やがて将来を約束するほどの恋心を持ちます。この辺、吉田拓郎さんの「結婚しようよ」のモデルのような恋歌のやりとりが美しいのですが、ついに恋は成就します。しかし、高安の里に「二道」通う業平。そのことに対して恨み言を申さぬばかりか、業平の道中を気遣う歌まで詠む可愛さに、結局「井筒の女」の元へ業平は戻るのでした。

　純粋な恋が成就し、そのずっと後に現れた女の霊も恋を懐かしみ、優雅に序の舞を舞います。『杜若《かきつばた》』と同じく、女性ながら業平の烏帽子や直衣（長絹を着ます）を身にまとった姿は男装になるわけですが、違和感なく美しい装いです。井筒の中を覗きこみ、我が姿を映して業平の面影を見て「見れば懐かしや」と涙する情景は、この曲のクライマックス。能の中でもっとも愛される恋の曲です。

隅田川［すみだがわ］

四番目・狂女物

❖作者／観世十郎元雅　❖素材／『伊勢物語』など
❖登場人物／シテ…狂女・梅若丸の母（面深井）　ワキ…渡守　子方…梅若丸の亡霊
ワキツレ…旅人
❖場所／武蔵国、隅田川　❖時／早春（三月十五日）

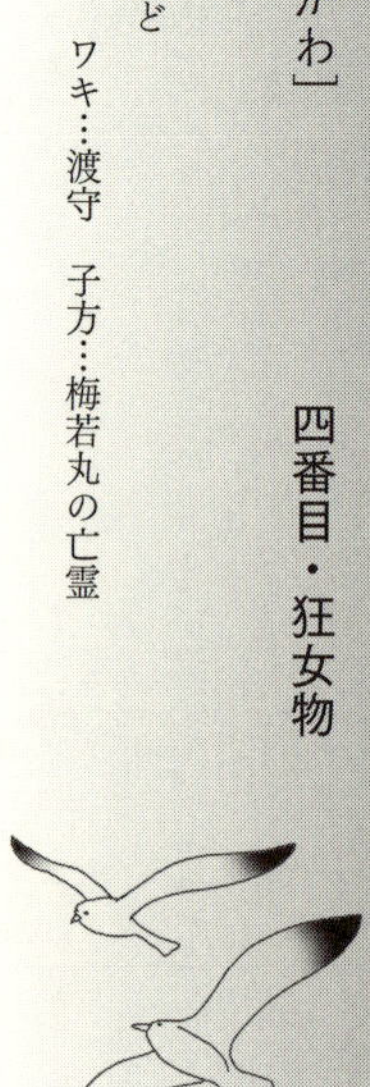

そそる台詞

われもまた
いざ言問《ことと》はん都鳥《みやこどり》
わが思《おも》ひ子《ご》は東路《あずまじ》に
ありやなしやと

東雲《しののめ》の空もほのぼのと
明け行けば跡《あと》絶えて
わが子と見えしは塚《つか》の上の
草茫々《くさぼうぼう》としてただ
しるしばかりの浅茅《あさじ》が原《はら》と
なるこそあはれなりけれ

能では珍しく東京もの「母の哀れ」が描かれている「奥伝」だ
舟は登場しない櫂竿のみで舟と川の存在を表す
いざ言問はん都鳥〜
シテ：人買いにさらわれた我が子をたずねて旅する母
面：深井
笹は狂女のアイテム
ワキ…渡し守
ワキツレ：旅人
末も東《あずま》の旅衣〜
わ〜
物狂いだ〜
あの白い鳥は何？
沖の鴎ですよ
隅田川なら都鳥と答えておくれ
＊在原業平『伊勢物語』の歌を元にしている
狂女は渡し守の話で我が子梅若丸の死を知る
子供のために念仏を唱えてお弔いなさい
南無阿弥陀仏
南無阿弥陀仏
今塚の中からあの子の声が
なむあみだぶつ
母が念仏を唱えると梅若丸が現れた
ぱっ
塚（墓）の作り物
塚には最初から梅若丸の子方が入っている
触れようとすると子供はするりとすり抜け消えてしまうのだ

隅田川　ものがたり

一

ここは、武蔵国《むさしのくに》、隅田川《すみだがわ》の渡しです。

今日はこの土地に、ある理由から大念仏《だいねんぶつ》という仏事《ぶつじ》が催されるので、僧侶、俗人の区別なく、念仏を唱える人々を集めております。

隅田川の渡し守は思いました。

「今日は舟足を早めて、大勢の人を渡すとしよう」

そこへ、東《あずま》の国《くに》の友人をたずねて都から遙々《はるばる》と旅をしてきた男がやってまいりました。男は、山また山を越え、いくつもの関を越えて、やっと、伊勢物語の歌で有名な隅田川の渡し場に着いたのです。

「ここが有名な隅田川の渡しか。おお、あちらから舟が出るところのようだ。急いで乗せてもらおう」

旅人は舟着き場に急ぎました。

「もしもし、渡し守殿、舟に乗りたいのですが」

「どうぞお乗りください。ところで、後ろの方がなにやらざわついているようですが、何かありましたか？」

「ああ、あれは、都から物狂《ものぐる》※1いの女が下ってきているのですが、それがむやみに面白く舞い狂うので、皆がはやしているのです」

「そうですか、それならしばらく舟を留めて、その物狂いを待ってみましょう」

二

そこに、笠を被《かぶ》り笹を手にした物狂いの女が歌いながらやってまいりました。

「人の親の
心は闇《やみ》にあらねども
子を思ふ道に
惑《まど》ひぬるかな

……そんな古い歌があるけれど、私も、子を思う道に迷うということを、今こそ思い知った。道行く人に何と言づてをして、我が子の行方《ゆくえ》をたずねたらよかろうか。我が子は私の呼ぶ声を聞いているのかどうか、空の彼方《かなた》を吹く心ない風でさえも、松の梢《こずえ》を音をたてて鳴らすではないか。それなのにおまえはなぜ、待っている私に消息を知らせてくれないのだ」

女は心がかき乱されて舞い歩きました。

「真葛《まくず》が原《はら》の
露《つゆ》の世に
身を恨《うら》みてや
明け暮れん

（真葛が原の露のような儚《はかな》いこの世に、身を恨んで明け暮れてゆく運命《さだめ》なのだろうか）」

女は、都の北白河《きたしらかわ》に長年暮らしてきましたが、思いがけなく、ただ一人の子を人商人《ひとあきびと》に掠《さら》われてしまったのです。逢坂《おうさか》の関を越えて、東の国のはるか遠くにいるというわさを聞くなり心乱れ、我が子の跡をたずねて、さ迷い歩いて来たのです。『千里《ちさと》を行くも親心。子を忘れぬ』と言われているとおり、女は遠く旅をして参りました。もともと、この世は仮の世、親子は一世《いっせ》と申しますが、そのかりそめの世でさえ共にいることが出来ないで、親と子が離ればなれになっているのです。女は我が子をたずねて、東《あずま》の果てにある武蔵の国と下総《しもうさ》の境にある隅田川までたどり着いたのでした。女は渡し守に言いました。

「もうしもうし、私も舟に乗せて下さいませ」

「そなたはどちらから来て、どちらへ下《くだ》る人か」

「私は都から人をたずねて下ってきた者でございます」

「都の人で狂女であれば、面白く舞い狂ってお見せなさい。そうしなければ、舟には乗せまいぞ」

渡し守がそう言うと、女はあきれたように言いました。

「なさけない。隅田川の渡し守ならば、伊勢物語のように『はや舟に乗れ、日も暮れぬ』とおっしゃるべきですのに。都の者に舟に乗るなとおっしゃるとは、隅田川の渡し守とも思えません」

「おう、これは、さすがに都の人だ。名にし負《お》う優雅さだな」

「名にし負はば
いざ言問《こと と》はん都鳥《みやこどり》
わが思ふ人はありやなしやと

――都の鳥という名を持っているのなら、さあたずねてみよう都鳥よ、私が都に残して来た恋しい人は無事にいるのかいないのか――あの在原業平《ありわらのなりひら》もこの渡しで、そう詠《よ》んだのですよ。あら、あちらに白い鳥が飛んでいますね。都では見馴《みな》れぬ鳥ですが、あの鳥を何と呼んでいるのですか」

「あれは沖の鴎《かもめ》ですよ」

「ああ情けない。海辺でなら千鳥《ちどり》とでも鴎とでも言ってください。でもどうしてここ隅田川で、白い鳥を都鳥とはお答えにならないのです」

「ああ、これは言い間違えました。名所に住んではいても風流の心がないもので、都鳥とお答えしないで」

「沖の鴎だなどと、とんでもない。そう言えば、昔、在原業平が、『わが思ふ人はありやなしや』とたずねたのは、都に残してきた愛する妻を思ってのこと。私は、東《あずま》にいるというわが子の行方をたずねてきたのです。業平が妻を恋い、私が子を探し歩くのも、思いは同じ。人を恋する旅路なのですから、私もたずねましょう……

われもまた
いざ言問はん都鳥

わが思ひ子は東路に
ありやなしやと

――私もさあ、たずねてみよう都鳥よ。愛しい我が子は東路に居るのか居ないのかと――」

女は笹を手に面白く舞い狂います。

「たずねてもたずねても答えないなんて、なんてつれない都鳥。『鄙《ひな》（田舎）の鳥』と言ってやりましょうか……

舟競《ふなぎお》ふ
堀江の川の水際《みなぎわ》に
来居《きい》つつ鳴くは都鳥
それは難波江《なにわえ》これはまた
隅田川の東《あずま》まで
思へば限りなく
遠くも来ぬるものかな

――舟が先を争うように行き来する堀江の川の水際に、来て鳴いているのは都鳥です。そんな古い歌に詠まれているのは難波江のこと。でもここは東の国の隅田川。思えば遙々来たものです――」

女は笹をかざして遙か遠くを見やりました。そうして、渡し守に頼みました。

「どうぞ、渡し守様、舟が混み合って狭くても、乗せてください。どうぞ乗せてください」

「こんな風流な狂女はいないでしょう。急いで舟にお乗りなさい。ここは危ない渡しです。注意して、静かにしておいでなさい」

渡し守は女を舟に乗せると、旅の男にも声を掛けました。

「さあ、旅のお方もどうぞ」

「ありがとうございます」

「ところで、あの向こうの柳の木の下に、人がたくさん集まっておりますが、何事でしょうか」

「あれは大念仏《だいねんぶつ》です。それについては、哀れな物語があります。この舟が向こうへ着く間に語ってお聞かせ申しましょう」

三

渡し守は、舟を進めながらしみじみと語り出しました。

「さても去年三月十五日。ちょうど今日に当たります。人商人が都から、年の程十二、三歳ばかりの少年を買いとって、奥州へ下ろうとしておりましたが、この少年は慣れない旅の疲れからか、ひどく患《わずら》って、今は一足《ひとあし》も歩けないと、この川岸に倒れ伏してしまいました。世間にはなんと情のない者があったもので、この少年をそのままうち捨てて、人商人は奥州へ下っていってしまいました。

それで、このあたりの人々が少年の姿を見ますと、由緒ある家柄の子らしいので、いろいろと看病いたしましたが、前世の因縁《いんねん》でしょうか、ただただ弱っていって、ついに末期《まつご》と見えた時、あなたはどこのどういった人かと、父の名字や国をたずねたところ、

『私は、都の北白河に、吉田《よしだ》の何某《なにがし》と申した人の唯《ただ》ひとりの子ですが、父は死に、母と二人だけで暮らしておりました。それを人商人にかどわかされて、このようになりました。行き交う都の人の手足の影もなつかしく思われますので、この道のほとりに塚を作って、しるしに柳を植えて下さい』

と、大人のように申して、念仏を四、五回唱えて、ついに息を引き取ったのです。なんとも哀れな物語ではありませんか。

見れば舟中にも少々都の人もおありのように思われます。ゆかりがない方々も念仏を上げ

てお弔いください。つまらぬ長話の間に、舟が着きました。さあさあ、岸にお上がりください」

渡し守がこう語り終えると、旅の男は感じ入って、舟を下りながら言いました。

「なるほどそんなことなら今日はここに逗留《とうりゅう》して、これもご縁と思い、念仏を上げることにいたしましょう」

渡し守は、先ほどの狂女が一人だけ舟の中にうずくまったままでいるのに目を留めて言いました。

「申し、あなたはどうして舟から下りないのです。おやおや、なんと優しい。今の物語を聞いて、涙を流しているのですね。さあ、早くこちらにお上がりなさい」

しかし女は舟に座ったまま、続けざまにたずねました。

「渡し守様、今の物語はいつの事でしょうか」

「去年三月のちょうど今日の事でした」

「さて、その子の年は」

「十二歳」

「その子の名は」

「梅若丸《うめわかまる》」

「父の名字は」

「吉田の何某《なにがし》」

「そうして、その後は親もたずねて来なかったというのですか」

「親類もたずねて来ませんでした」

「まして母もたずねて来なかったのですね」

「全く来ません」

「親類も親も、たずねて来るはずはない！　その幼い者こそ、この物狂いのたずね歩いている子なのだもの！　ああ、これは夢なのかしら、なんて酷《むご》い」

女は、その場に泣き伏しました。渡し守は驚いて、

「今まではよその事に思っていましたが、あなたのお子さんであったとは、なんと痛《いた》わしい。今は嘆《なげ》いても甲斐《かい》があるまい。その方の墓所を見せましょう。こちらへおいでなさい」

渡し守は、女を塚に案内したのです。

四

「さあ、ここがお子さんの墓所です。よくよくお弔いなさい」

女は塚の前に座って、

「今まではそうはいっても逢えるだろうという思いを頼みにして、知らぬ東に下ってきたのに、その子もこの世になく、亡き跡の墓ばかりを見るとは。あまりに無慚《むざん》な。ここで死ぬ運命とて、生まれた所を離れ、東のはての、道のほとりの土となって、春の草ばかり生い茂ったその下にいるとは。ああ誰か、この土を掘り返してもう一度、この世の姿を母に見せてください」

そう言うと泣き崩れました。

「生き残る甲斐のある子は死んでしまって、生きているのは生きる甲斐のないこの母だ。そんな母の目に見えつ隠れつするおまえの面影《おもかげ》の定めなさ。定めないのは世の習い。人の憂《うれ》いは、花盛りに無常の嵐が音立てて花をちらし、長夜にさす悟《さと》りの月の影を、雲が覆い隠すようなもの」

「今となってはどう嘆いても甲斐のないことだ。ただただ念仏を唱えて、亡き子の後世《ごせ》をお弔いなさい」

渡し守が促すと、その場に居合わせた人々も、

「すでに月も出て川風も立ち、夜も更けて夜念仏《よねぶつ》の時刻となりましたよ」

とそれぞれに鉦鼓《しょうご》を鳴らし、母親に念仏を勧めました。母は余りの悲しさに念仏を唱える事さえできずに、ただ泣き伏しております。

「困ったことだ。他の人がどれだけ多くいても、お母さんがお弔いなさることこそ、亡者もお喜びなさるはずですよ」

渡し守は、そう言って鉦鼓を母に渡しました。

（本当にその通りだ。それが我が子の為なのだ）

母親はそう心に思い鉦鼓を打ち、一同、念仏を唱えたのです。

「西方極楽世界《さいほうごくらくせかい》の三十六万億の世界の阿弥陀仏《あみだぶつ》よ、ひたすらに御願い奉る。

南無阿弥陀仏《なむあみだぶつ》　南無阿弥陀仏

南無阿弥陀仏　南無阿弥陀仏」

隅田川の川原の波風も、念仏に音を立て添えます。

「南無阿弥陀仏　南無阿弥陀仏

南無阿弥陀仏　南無阿弥陀仏」

「都鳥という名を持っているならば、都鳥も鳴いて念仏に声を添えておくれ」

「南無阿弥陀仏　南無阿弥陀仏

南無阿弥陀仏　南無阿弥陀仏」

その時、どこかから澄み通った少年の声が聞こえてきました。

「なむあみだぶつ　なむあみだぶつ」

「今、念仏の中にあの子の声が。この塚の中から！」

「たしかに聞こえました。皆で念仏を唱えるのをやめて、お母さんだけで唱えてごらんなさい」

「もう一声だけ聞かせておくれ。南無阿弥陀仏」

「なむあみだぶつ　なむあみだぶつ」

その声と共に少年の姿が幻《まぼろし》のように立ち現れたのです。

「我が子か」

「母にてましますか」

互いに手を取りかわしたと思ったとき、少年の姿は又消え消えになっていきました。母親の思いは募るばかりで追い求めると、面影も幻も見えつ隠れつするうちに、東雲《しののめ》の空もほのぼのと明けて行けば、少年の姿は全く消え失せて、我が子と見えたのは、塚の上の風に揺れる春の草であったのです。跡には、茫々《ぼうぼう》と草の生い茂り、墓じるしの柳のある、浅茅《あさじ》が原《はら》が広がっているばかりなのでした。

※1　物狂い……たずね求める人や物を思い狂乱状態になった人が戯《たわむ》れ歌い舞うこと。それを当時の人は芸能のように見て楽しんでいた。また、それを模した芸を見せる遊芸の徒もいた。

満次郎のここが面白い『隅田川』

「物に狂う」とは「何かに執着する」という意味であり、我が子の行方に執着する女物狂いがこの曲のシテです。彼女たち物狂いは、「狂い笹」というアイテムを持つことにより、遠くからでも発見され、面白いパフォーマンスを期待して人が集まってきます。そこで自分の身の上を話しながら芸をして情報収集もするのです。

この曲の女性も同じく芸を見せて、隅田川の渡し船に乗船が叶います。舞台には『船弁慶』『竹生島《ちくぶしま》』などで使用する船の作り物（セット）さえ一切出しません。ワキ座前に座り、ワキの船頭が竹棹《たけざお》を持つことで船に乗ったことを表現します。

遥々《はるばる》東の果てまで情報を頼りに旅をしてきた女は母の愛情と強さに溢れています。しかし何という顛末《てんまつ》でしょう。念仏を唱え音頭を取る母の声に合わせて亡き梅若丸の声が聞こえてくるとき、母のみならず観客も驚きに満ち、我が子を抱きしめる事さえ叶わず、仕方なく墓を撫《な》でて泣き崩れる姿に涙せずには居られません。通常ハッピーエンドな狂女物の中でも異質であり、世の無常を表す悲劇として、優れた作品となっています。小道具の棹、狂い笹、笠、鉦鼓《しょうご》、作り物の「塚」など、演出も見所です。

黒塚（安達原）［くろづか］（あだちがはら）

四、五番目・鬼女物

❖作者／不明（世阿弥、禅竹説あり）　❖素材／『拾遺集』の和歌「みちのくの安達が原の黒塚に鬼こもれりといふはまことか」など

❖登場人物／前シテ…里女（面深井）　後シテ…鬼女（面般若）　ワキ…山伏祐慶　ワキツレ…同行の山伏
アイ…能力

❖場所／陸奥国、安達原　❖時／秋

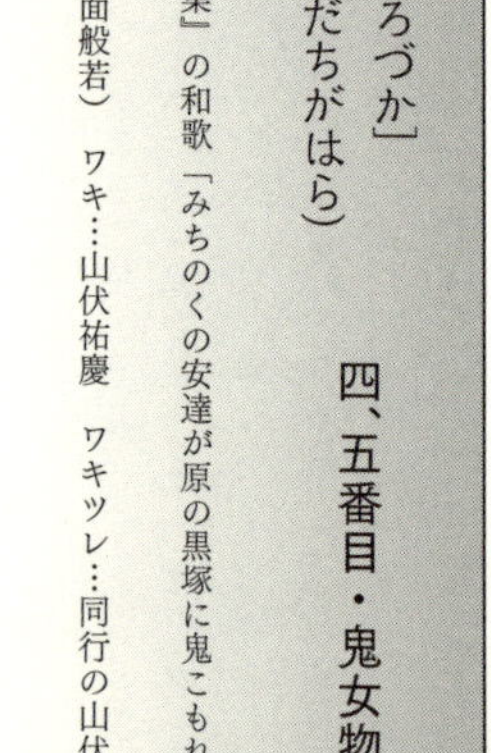

そそる台詞

いかさまこれは音《おと》に聞く
安達《あだち》が原《はら》の黒塚《くろづか》に
籠《こも》れる鬼の住みかなり

いかにあれなる客僧《きゃくそう》
止まれとこそ
さても隠しおきたる閨《ねや》の内を
あさまになされ申しつる
恨《うら》みのために来たりたり

阿闍梨祐慶《あじゃりゆうけい》一行は陸奥の安達原に着いた
兜巾《ときん》
篠懸《すずかけ》の衣
日が暮れたので泊めて欲しい
ワキツレ：同行の山伏
ワキ：阿闍梨祐慶
われにも憂き この庵《いほ》に さらば泊まり たまえ
前シテ：里女 面：深井
「糸の段」の謡は聞かせどころだ
糸を紡ぎながら身の上を歎く歌を歌う
枠桛輪《わくかせわ》
長き命のつれなさを〜
シオリ：泣く仕草のこと
寒くなってきました 薪を取ってまいりましょう
閨《ねや》は見ないでください
アイ（能力《のうりき》）登場 ワキ（山伏）との掛け合いが見どころだ
見るなと言われると見てしまう
げっ
見てござる
鬼女が戻ってきた 薪を背負っている
もてなそうとしたのに… よくも見たな〜
おんころころせんだりまとうぎ
狂言の三ござるの一つだ 「落ちてござる」道明寺の鐘 「抜けてござる」籠太鼓の囚人
後シテ 面：般若
山伏はひたすら念仏を唱える 鬼女は祈り伏されて消えていった

黒塚　ものがたり

一

修験道《しゅげんどう》の霊場《れいじょう》で知られる熊野《くまの》の那智《なち》神社。その東光坊《とうこうぼう》という天台宗《てんだいしゅう》の僧坊《そうぼう》に、阿闍梨《あじゃり》祐慶《ゆうけい》という山伏《やまぶし》がおりました。山伏の修行の一つに、衣食住の欲をふり捨てて托鉢《たくはつ》し行脚《あんぎゃ》する行《ぎょう》がございます。阿闍梨も、先ごろ心に立てた願《がん》があり、供の山伏を伴い、諸国行脚《しょこくあんぎゃ》の旅に出ました。

熊野の本山を立ち、道なき道をかき分けながら歩き続けると、目の前に開ける紀州《きしゅう》の海。紀伊《きい》半島の潮岬《しおのみさき》を東にめぐり、道端の木々の枝を折って道標《みちしるべ》に行き行きて錦《にしき》の浜《はま》を過ぎゆく頃には、さすがに旅の衣《ころも》もくたびれて、旅に立ってからもうずいぶん日も重なっておりました。やがて、阿闍梨たちは、うわさに聞くばかりで訪れたことのなかった奥州《おうしゅう》の安達原《あだちがはら》に差し掛かりました。

「ああ、困った。日が暮れてきたが、このあたりには人里もないなあ」

ふと見ると、見渡す限りの枯れ野の向こうに家らしき灯りが見えました。

二

その安達原の一軒家には、もう若くない女が一人、細々と暮らしておりました。

「世の中に、一人侘《わび》しく住む者の日々の暮らしほど、悲しいものはない。こんな暮らしに飽き飽きしているうえに、更に寂しい秋がめぐってきて、夜明けの風が身にしみる。心を休めることもできず、昨日も空《むな》しく暮れてしまった。夜にうとうとまどろむことだけが慰《なぐさ》めなのだ。なんと希望のない生涯なのだろう」

一行は、その家にたどり着くと、奥へ声を掛けました。

「お頼みします」

「いったい、どちらのお人ですか」

「これは、この家の主《あるじ》でいらっしゃいますか。どうぞお聞きください。私どもは、初めて奥州の安達原に参りましたが、日が暮れて、泊まる所のあてもございません。どうか私どもを憐《あわ》れと思って、一夜の宿をお貸しください」

「人里遠いこの野辺の、松風がはげしく吹き荒れ、月の光まで射しこむあばら屋に、どうしてお泊めすることが出来ましょう」

「たとえ、草を枕の旅寝のようであろうとも、今宵《こよい》ばかりは、ここで仮寝をいたしましょう。ただただお宿をお貸しください」

「この家は、住んでいる私でさえ嫌な家ですので……」

女は一度、柴の戸を閉ざしましたが、さすがに日もすっかり暮れてしまっていたわしいので、

「……どうしてもとおっしゃるのなら、お泊まりなさいませ」

と戸を開いて、山伏の一行を招き入れました。

「今宵敷いて寝て頂くものといえば、雑草混じりの茅《かや》のむしろしかありません。打って柔らかくもしておりませんので、寝苦しくてお気の毒です。無理やりお宿を御借りになったばかりに、片敷《かたし》く袖が、露《つゆ》に濡れることになりましょう。この草の庵は、落ち着かず、旅寝の床はつらいものになるでしょう」

「いえいえ、今宵泊めていただいたこと、返すがえすもありがとうございます。その道具は見慣れない物ですが、何に使うのですか?」

阿闍梨は、部屋の隅に置かれた糸車を指してたずねました。

「これは枠桛輪《わくかせわ》といって、麻糸を紡《つむ》ぐのですよ」

「それは面白そうだ。夜なべに紡いで見せてください」

「お客様の前で、いつもの賤《いや》しい仕事をお見せするのは恥ずかしく、情けないことですが……」

女は糸車に麻糸を掛けて紡ぎ始めました。

「深夜、月光の射しこむ閨《ねや》の内で、美しい麻糸を繰り合わせ繰り合わせ、昔を今に戻せたら……。華やかな昔に帰るすべはない……こんな賤しい身になって夜まで糸を紡いで生きていかなければならないのが、つらい。苦しい。せっかく人間界に生まれながら、こんな憂き世に明け暮らして、わが身を苦しめているのが悲しい」

そう言って女は嗚咽《おえつ》を漏《も》らしました。阿闍梨は、女をたしなめて言いました。

「なにを嘆《なげ》かれる。生きていればこそ成仏を願うことも出来るではございませぬか。このような憂き世に生きながらえて、朝夕、ひまなく働く身であろうと、心さえ、まことの道にかなっていれば、それこそが最後には、成仏《じょうぶつ》の縁となるのですよ」

「そうでしょうか。万物のもとになる地水火風がたまたま集まって人間という形になり、生と死の世界を輪廻《りんね》し、地獄《じごく》・餓鬼《がき》・畜生《ちくしょう》・修羅《しゅら》・人間《にんげん》・天上《てんじょう》の六つの迷界《めいかい》を流転《るてん》する。それはただ心の迷いによるものなのです。人は永遠に若くはいられない。やがては老いてしまう。それなのになぜ私は、このような儚《はかな》い夢の世を避け出家しないのか、そんな自分の弱い心が恨《うら》めしいけれど、どうしようもないこと」

女は糸を紡ぎながら、糸繰り歌を歌いました。

「さてそも五条《ごじょう》辺りにて夕顔《ゆうがお》の宿を尋ねしは
日陰《ひかげ》の糸の冠着《かむりき》し
それは名高《なたか》き人やらん
賀茂《かも》の御生《みあ》れに飾りしは
糸毛の車とこそ聞け
糸桜、色も盛りに咲く頃は
来る人多き春の暮《くれ》
穂に出づる秋の糸 薄《いとずすき》
月に夜をや待ちぬらん
今はた賤《しず》が繰る糸の
長き命のつれなさを
思ひ明石《あかし》の浦千鳥《うらちどり》

音《ね》をのみ独り鳴き明かす」

（夕顔《ゆうがお》の宿を訪ねたのは……日陰蔓《ひかげかずら》の冠《かんむり》をつけたそれは名高い源氏《げんじ》の君《きみ》。賀茂の御生《みあれ》の祭りに飾られたのは色染めの糸で飾った牛車《ぎっしゃ》であったそうな。糸桜が色も盛りに咲く頃は、人の出も多い晩春。薄《すすき》の穂が伸び月を待つ秋。こうして糸を繰りながら、生きながらえてつらいこの世を送る我が身を思い、声を上げて泣き明かす）


女は歌いながら泣き伏してしまいましたが、やがて、顔を上げて言いました。

「もうし、お坊様」

「何ですか」

「あんまり寒うございますから、裏山に行って木を拾って参ります。焚《た》き火をして暖かくしてさしあげましょう」

「お志、まことにありがとうございます。それでは、お待ちしております。早くお戻りください」

「すぐに戻って参ります」

出掛けようとして、女は立ち止まり、振り返って言いました。

「あの……お坊様、私が帰るまで、この閨《ねや》の内を見ないでくださいね」

「そのような人の閨をみるような山伏ではありません」

「決してご覧になりませんように。そこのあなたもご覧になりませんように」

「承知いたしました」

女はやっと納得して表へ出ると、思い切ったように足早に出かけて行きました。

三

山伏の一行は旅の疲れから体を横たえると、うつらうつらし始めました。ところが、荷物持ちの能力《のうりき》だけは、先ほどの女の態度と、閨を見るなと言った言葉が気になって眠れません。能力は、くつろいでいる阿闍梨のもとへ行って申しました。

「阿闍梨様、この家の女主は、この奥州陸奥《みちのく》の寂しい所に住みながら、我等を泊めてくれて、焚き火までしようと女の身で山に行きましたが、どう思われます」

「お前の言うように、このように情け深い人はあるまい。有り難いことだ」

「ではございますが、なんとのう物凄《ものすさ》まじい感じがいたしますので、注意してよくよく見ておりますと、山に行こうとして、引き返してきて、『閨の内を見るな』と言いましたが、そのようなことは、阿闍梨様に言うようなことではございません。あまりに不思議でございますので、今、閨の内をそっと見て参ろうと思います」

行こうとする能力を、阿闍梨はとどめました。

「いやいや、先ほど、女主に見ないと固く約束した。そのようなことはやめなさい」

「ではありますが、ちょっとだけ見ても構わないでしょう」

「いや、やめなさい。夜も更けた。私も眠るから、お前もそこで休みなさい」

「はい、では、そういたします」

阿闍梨たちはすぐ眠ってしまいました。

「ああ、難しいことを言われてしまったな。阿闍梨様にあのように言われたからには、見ることはなるまい。しかたがない、横になるか」

眠ろうとしますが、どうしても眠れません。

「これはどうした事だ。寝よう寝ようと思っても、さっき女主の言った言葉が心に引っかかって、とても眠れぬわ……おや、阿闍梨様は無邪気に寝ておられる。それでは、この隙《すき》に主の閨をそっと見てこよう」

「何をしている！」

立ち上がりかけた能力の後ろから、阿闍梨が声を掛けました。

「はい。寝返りをしております」

「心静かに眠りなさい」

「畏《かしこ》まりました……おや、阿闍梨様、もう寝ておられる……しかしどうした事だろう。さっきは、よおく眠っておられると思うたのに、ぱちっとお目が覚めた。しょうがないなあ……思い切って俺も眠ってしまおうか」

眠ろう眠ろうとするほど、ますます目が冴《さ》えて眠れません。

「いかんなあ。眠ろうと思うほど、気になってきて眠るどころではないわ。阿闍梨様はどうだろう……おっ、今度は、よう寝ておられる。そっと横を通り抜けて……」

「これ、どこへ行くのだ」

「あっ、びっくりした。恐い夢を見まして、どこかへ連れて行かれると思って逃げているところでした……また、お目を覚まさせてしまい申し訳ありません。今度こそ寝ます」

「お前は騒がし過ぎるぞ」

「申し訳ありません……さてさて、めざといお方じゃなあ。今度こそよう眠られたと思うたのに、また目が覚められた……俺も男だ。ここは腹をくくって、寝てしまおうか」

眠ろうと努力するのですが、やっぱり眠ることが出来ません。阿闍梨を見ながら、側ににじり寄って、床をトンと叩いてみました……阿闍梨たちは目を覚ましません。今度は咳《せき》払いをしてみました。今度こそ深く眠ってしまわれたようです。能力はすっくと立ち上がり、素早く枕元をすり抜けました。

「うれしや、うれしや、まんまと側をすり抜けたぞ。大体、この俺の性分というのは、人が見ろという物は見たくもなくて、見るなという物は、見とうて見とうてならん……どれどれ、急いで主の閨の内を見てこようかのう！」

まだ帰らぬ女主の閨に近づくと、戸に手を掛け、その内側をのぞき込みました。……そこに能力の見た物は！

能力は素早く戸を閉じると、こけつまろびつ、駆《か》け戻りました。

「恐ろしや、恐ろしや！　主が隠すのも道理じゃ。白骨は数知れず、死骸《しがい》は軒近くまで積み重ねられ、その上に鞠《まり》ほどの鬼火がいくつも浮かんでいる。これは、我等の命を奪おうとしているに違いない。急ぎ、お知らせ申そう」

能力は寝ている阿闍梨のもとへ飛んでいき、息せき切って言いました。

「見てござる！」

「見たとは？」

「主の閨の中は白骨と死骸で埋まっております」

「最前、見るなと固く申しつけて置いたのに、良くないことだぞ」

「はあ」

「だが、すぐ行って見てみよう」

「急いでご覧下さい！　私は、一足お先に行って、お宿でも取っておきましょう」

能力は、一目散に逃げていってしまいました。

四

阿闍梨が閨の内をのぞいてみると、これは凄まじい！　膿《うみ》や血が溶け流れ、腐臭が満ち、屍《しかばね》は膨《ふく》れ破裂してただれ崩れ、数知れず軒近くまで積み上げられているのでした。

「これこそ噂に聞く、奥州安達が原の黒塚の、鬼の住み家であったのか」

阿闍梨たちは気も動転し、逃げる先もわからぬまま、足の向く方向へ走りに走りました。

そこへ先ほどの女が鬼女《きじょ》の姿になり追ってきました。

「そこの山伏。止まれと言ったら止まれ！　あれほど見るなと言ったのに、あらわにした恨みを言いに来た！　怒りの炎がわが胸を焦《こ》がし、渦巻き、燃え盛っているぞ」

鬼女は、背負っていた柴をうち捨てました。野山を吹く風がふと、やみました。食い殺そうと歩み寄る鬼の足音と、思い切り振り上げる鉄杖《てつじょう》の風を切る恐ろしい音が響きました。その時、一天俄《いってんにわ》かにかき曇《くも》り、雷鳴と稲妻が天地に轟《とどろ》き渡りました。阿闍梨は、数珠《じゅず》を擂《す》り合わせ、修験道の祈祷《きとう》の言葉を唱えて、五大明王《ごだいみょうおう》に祈りました。

「東方《とうぼう》に降三世明王《ごうざんぜみょうおう》
南方《なんぼう》に軍荼利夜叉明王《ぐんだりやしゃみょうおう》
西方《さいほう》に大威徳明王《だいいとくみょうおう》
北方《ほっぽう》に金剛夜叉明王《こんごうやしゃみょうおう》
中央《ちゅうおう》に大日大聖不動明王《だいにちだいしょうふどうみょうおう》
おんころころせんだりまとうぎ
おんなびらうんけんそわか
うんたらたかんまん」

阿闍梨と同行の山伏たちは、不動明王が衆生《しゅじょう》を救う誓いの言葉を唱えつつ、鬼女に迫ります。

「我が身を見る者は、菩提心《ぼだいしん》を発《はっ》せん
我が名を聞く者は、悪を断ち善を修《しゅう》せん
我が説《せっ》を聴く者は、大知恵《だいちえ》を得ん

我が心を知る者は即身成仏《そくしんじょうぶつ》せん

見《けん》我《が》身《しん》者《しゃ》発《ほつ》菩《ぼ》提《だい》心《しん》
聞《もん》我《が》名《みょう》者《しゃ》断《だん》悪《なく》修《しゅ》善《ぜん》
聴《ちょう》我《が》説《せっ》者《しゃ》得《とく》大《だい》智《ち》慧《え》
知《ち》我《が》心《しん》者《しゃ》即《そく》身《しん》成《じょう》仏《ぶつ》」

阿闍梨と山伏たちは、休むひまなく、責めかけ責めかけ、数珠《じゅず》で打ち伏せ、ついに祈り伏せてしまったのです。

猛《たけ》り狂っていた鬼女はたちまちに弱り果て、目もくらみ、天地の間に身をちぢめ、よろよろと安達が原をさ迷い歩きました。

「この安達原の住み家も暴かれてしまった。浅ましい姿を隠す隠れ家もない」

と嘆く声は、なお凄まじく荒れ野に響き渡りましたが、それも、吹き荒れる夜の嵐のうなりに立ち紛れ、声も姿も消え失せてしまったのでした。

満次郎のここが面白い『黒塚』

この曲も能らしい演出で工夫を凝らしています。先ず、大小前（大鼓と小鼓の前）に設置される作り物。引廻し（周りを覆う幕）を下ろすと突如現れる一軒家、その中には老婆が一人座していて、嘆きごとを述べます。外の阿闍梨《あじゃり》達との宿交渉があり、「お泊めしましょう」と言いつつ家の扉を開けて外へ出れば、逆に阿闍梨達は家の中の部屋に入ったことを表します。さらに先程まで一軒家であった作り物は無駄にならず、閨《ねや》（寝室のこと）と成ります。すなわち、突如、寝室が現れるので「シンシツキボツ」……？

部屋の片隅にある枠桛輪《わくかせわ》を所望に任せて糸繰り巻くのも歌をうたいつつ、屋根の隙間から見る月を愛でて手を休め、やがて己の寂しさに耐えきれず泣き伏す様。彼女は黒塚に棲む鬼女であったが、阿闍梨を心からもてなし、己を地獄から救ってほしいと願っていたのを裏切られた怒りに満ち、壮絶なバトルとなる訳です。祈り伏せられ消え去る彼女は、何故そのような鬼女と化したのか、これを思うことが本来のテーマかと思います。

満次郎コラム

翁について

「とうとうたらり　たらりらたらりあがり　ららりどうちりやたらりたらりら……」

『翁《おきな》』は「能にして能にあらず」などと言われますが、それは『翁』が祈りの儀式、つまり神事とされており、他のレパートリー曲とは別格であること、また、能が大成される前から元々あった芸能であるという点から、普通の能とは違っている為の言でありましょう。

　現在ではこの『翁』の上演は、舞台抜《びら》き（柿落《こけら》し）や特別に記念すべきお祝いごとの時や、新年の初会の際などに演じることが殆《ほとん》どですが、江戸時代までは一日の能の催しの最初に演じられていました。

　今でも神事として扱っているので、諸役は精進潔斎《しょうじんけっさい》・別火（同じ火を使わない）してこの大曲を勤めるのが慣《なら》わしとなっています。宮中祭祀《さいし》にも伝わる方法と同じですが、例えば「四つ足」を食しない、身にもつけない生活をします。

　もっとも昔は定められた期間、別棟に隔離されて厳格にこれを実行していた訳ですが、現代の生活や仕事環境では至難《しなん》の業《わざ》であり、それぞれの役者の自覚に於《お》いて可能な範囲で実行しているのが現状と思われます。

　その中で前夜よりの別火、喪中の者の不勤、当日終演までの女人禁制は今も守られています。

　これらは全て、他を代表して神事を勤める者は精進潔斎

することによって心の平安を保つことが必要と考える為です。

　そして当日の朝は湯（水は心の平安を乱すので禁）で身を浄《きよ》め、揚幕《あげまく》横の「鏡の間」に「翁飾り」という祭壇を設《しつら》え、出演者一同で神酒・洗米・塩をいただき、お調べという囃子《はやし》の儀式をし、火打石で切り火をします。

　御神体である翁面を面箱に安置し面箱持ちが先頭に出て、翁、千歳《せんざい》、三番叟《さんばそう》（三番三）、囃子方と続きます。

　翁は舞台正面に向かい、森羅万象に対して烏帽子《えぼし》が板に着くまで深々と礼をし、面箱持ちが箱から翁面を取り出して準備ができると、翁の謡《うたい》、延年《えんねん》を祈る千歳の若々しい舞、その間に面をつけて神となった翁は天下泰平・国土安穏《あんのん》を祈念して天・地・人の拍子を踏みおさめる舞を舞います。

　翁と千歳が幕へ入る（翁帰り）と大鼓が参加して、躍動感あふれる三番叟の揉ノ段《もみのだん》、引き続き黒い翁面（黒式）を掛けて鈴ノ段を舞い、五穀豊穣を祈念します。

　あくまでも「祈り」として

勤めますので、「演じる」のではなく、淡々と、滞りなく無事に舞い納めることだけを目指します。

　神事ゆえ、お客様には演能中の出入りをご遠慮願っておりますが、是非お早めに席に着かれて、心を鎮《しず》め、耳を澄まして頂きたいのです。

　お調べの音、切り火の音が聞こえてくることでしょう。

　そう、もう『翁』は始まっているのです。『翁』を感じて頂きたいので御座います。

羽衣

［はごろも］

三番目・鬘物

❖作者／不明（世阿弥説あり）　❖素材／『丹後風土記』など羽衣伝説

❖登場人物／シテ…天人（面泣増）　ワキ…白龍　ワキツレ…漁夫

❖場所／駿河国、三保の松原　❖時／春

そそる台詞

「いやこの衣を返しなば
舞曲をなさでそのままに
天にや上《あが》り給ふべき」
「いや疑《うたが》ひは人間にあり
天《てん》に偽《いつわ》りなきものを」

天《あま》の羽衣《はごろも》
浦風にたなびきたなびく
三保《みほ》の松原《まつばら》、浮島が雲の
愛鷹山《あしたかやま》や、富士《ふじ》の高嶺《たかね》
かすかになりて、天《あま》つ御空の
霞《かすみ》にまぎれて、失せにけり

三保の松原
ワキ：漁夫白龍《はくりょう》
松に美しい衣がかかっている
ワキツレ
持って帰って家宝にしよう
その衣は私のです持って行かないで
シテ：天人
面：泣増《なきぞう》
天冠《てんがん》
あなたは天人か？それならこれは国の宝だ返さない
衣がないと羽がない鳥のようなもの
涙の梅雨の玉鬘かざしの花もしをしをと…
はらはら
あまりにいたわしいので衣はお返しします
そのかわり天人の舞を見せてください
衣がないと舞えません先に返して
返したら舞わずに天に帰ってしまうだろ？
疑いは人間にあり天に偽りなきものを
失礼しました
天女は舞い始める
白衣黒衣の天人の〜
天には白衣と黒衣の天女が15人ずついて月の満ち欠けのお勤めをしています〜
天女は舞いながら天に上り見えなくなった

羽衣　ものがたり

一

ある春のあけぼのです。

ここ三保《みほ》の松原《まつばら》の空を吹く風は強く、沖に舟を出した漁師たちが騒いでおりますが、波のたゆたう海原に朝霞《あさがすみ》がたちこめ、空には残月がかかり、まことにのどかな景色です。

この浦に住む白龍《はくりょう》という名の青年は風流の心などない漁師ですが、夜の漁から帰ってくる舟から、この浦の景色をうっとりと眺めました。上空に吹き渡る風に浮き雲が流れていきます。

（おや、向こうの釣り人たちが、空の雲が乱れるのを海が荒れていると見間違えて、漁をしないで帰るようだ）と白龍は思いました。

「おおい、待てよ。今は春。風は常磐《ときわ》の松の梢《こずえ》に柔らかく吹きわたっているばかりではないか」

皆もいつもと変わらぬ穏やかさだとわかったようで、朝凪《あさなぎ》の海には賑《にぎ》やかに釣り人を乗せた舟が何艘《そう》も浮かんでおります。

二

白龍は三保の松原の砂浜に上がり、浦の景色を眺めておりました。するとそのとき、空からハラハラと美しい花びらが降り注《そそ》ぎ、妙《たえ》なる音楽が聞こえ、えもいわれぬ良い香りがあたりに漂ってきました。

これはただ事ではないと見回すと、近くの松の枝に、それはそれは美しい衣が掛かっているではありませんか。近寄ってよく見ると、色も香りも素晴らしく、この世の物とは思われません。何はともあれ、持ち帰って長老様に見てもらい、それから家の宝にしたいものだと思いました。

白龍がその衣を抱えて立ち去ろうとすると、

「もうし、そこのお方、その衣は私のものでございます。どうして持って行かれるのですか」

そう呼び止める声がして、若い女が現れました。

「拾った衣だから、持って行くのです」

「それは、『天人《てんにん》の羽衣《はごろも》』といって、たやすく人間に与えるようなものではないのです。もとのようにお置きなさい」

「するとこの衣の持ち主は天女なのですか？　それなら、この末世に現れた吉兆として留め置き、国の宝にしなければ。衣は返さないことにしよう」

「そんな悲しいことを。その衣がなければ、空も飛べず、天上に帰ることもかないません。どうぞ返してください」

白龍はその言葉を聞くと、いよいよ気が強くなり言いました。

「もとから俺は心ない漁師の身だ。どうあっても、この衣はもらっていく」

白龍は羽衣を隠して持ち去ろうとしました。

天女は、空に帰ろうとしても羽衣がなくては飛べず、地上には天女の住む所もなく、どうすればいいのかと、涙が玉の露のようにこぼれ、髪飾りの花もしおれ、みるみる衰弱していくように思われました。

「天《あま》の原を振り仰ぎみると、霞が立ちこめ、雲の通《かよ》い路《じ》※1もわからず、どちらに帰ればよいかもわからない。住み慣れた天上に流れていく雲さえうらやましい。かすかに聞こえてきた雁《かり》の鳴き声が、天上で慣れ聞いた迦陵頻伽《かりょうびんが》※2の美しい鳴き声に思われる。雁の帰って行くその空が懐かしい。空に向かって吹く春風さえ懐かしい」

白龍は、天界の者の死の前兆である『天人の五《ご》衰《すい》』※3のままに天女が衰えていくのを目の当たりにして、哀れに思い、申しました。

「天女様、あまりにいたわしいご様子なので、衣はお返しいたしましょう」

「ああ、なんてうれしい。こちらへくださいませ」

「待ってください。うわさに聞く天女の舞を、今ここで見せてくださるなら、衣をお返ししましょう」

「ありがとう。それなら、天上に帰ることができるのですね。お礼に、後の世までの記念になるように、月の宮殿にて舞う舞楽を演じ、悩み多い世の人々にお見せしましょう。されど衣がなくては舞うことも出来ません。まず衣をお返しください」

「いや、この衣を返したら、きっとあなたは舞など舞わずに、即座に天に帰ってしまうにちがいない」

「いいえ、疑いというものは人間にだけあるもの。天には偽《いつわ》りなどありはしないのに」

「これは、恥ずかしい、愚かなことを申しました」

白龍はすぐに天女に羽衣を手渡し、返したのでした。

三

天女のまとった羽衣は風になびき、その袖《そで》は雨に潤った花のように翻《ひるがえ》りました。

「イザナキ、イザナミの二神がこの世に現れて全世界の名を定められたとき、空は限りのないものゆえに『久方《ひさかた》の空』と名付けたのです。その久方の空にある、美しい斧《おの》で造った月の宮殿には、白衣《びゃくえ》と黒衣《こくえ》の天女※4が十五人ずつ月の満ち欠けを勤めております。私もその天女の一人なのです。月の世界に住む私が、今ここ東の国の駿河《するが》に下り、舞を舞うのです。この舞は『東遊《あずまあそび》の駿河舞』と、後の世にも伝えられるでしょう」

天女は月の宮殿の舞楽を奏《かな》で、舞い始めました。

「春霞
たなびきにけり久方の
月の桂《かつら》の花や咲く
げに花鬘《はなかずら》
色めくは春のしるしかや

(春霞がたなびき、月世界《げっせかい》では桂の花が咲いていることでしょう。私の髪飾りの花の色が鮮やかになったのは春がきたしるしでしょうか)

天《あま》つ風《かぜ》
雲の通《かよ》ひ路《じ》吹き閉ぢよ
乙女の姿
しばし留めむ
（空吹く風よ、天上への雲の通い路をふさぎ、私をしばし留めておくれ）

天上ではないこの地上世界も素晴らしい。この松原の春のあけぼのを見るとしましょう。その景色のたぐいまれな美しさ。打ち寄せる波も松風ものどかな浦の様子です。天と地に何の隔《へだ》たりがありましょう。天子様は、伊勢の内宮外宮《ないくうげくう》の神の子孫であり、日光も月光も曇りなき日の本の国。

君が代は
天の羽衣まれに来て
撫《な》づとも尽きぬ
巌《いわお》ならなむ

（君の代は、まれに訪れた天女が羽衣で撫でても撫でてもすり減ることのない大きな岩のように、幾久《いくひさ》しくあってほしい）」

天女の歌うめでたい東歌は実に妙なる調べです。その歌声と、簫《しょう》、笛《ちゃく》、琴《きん》、箜篌《くご》などさまざまな天の楽器の音が雲の上に満ち、夕日の紅は富士の山を染め、松の緑は波に浮き、浮島が原のあたりには強く吹く嵐に花が舞っております。それはまことに天上さながらの美しさです。

天女は月世界の守護神・大勢至菩薩《だいせいしぼさつ》に合掌《がっしょう》し、『東遊の舞』を舞い始めました。あるときは天つ美空の緑の衣に見え、またあるときは春に立ちのぼる霞のような淡い色の衣に見える、色香も妙なる天女の衣の袖を颯爽《さっそう》と翻し、数々の曲を舞うのです。月のように麗《うるわ》しい天女は十五夜の空で満月の神々しい光となって、衆生《しゅじょう》が救われ国土が栄えるように様々な宝を降らし、地上の世界に施《ほどこ》し給《たま》うのでした。

そうしているうちにはや時も移り、天女は浦風に羽衣をたなびかせて、三保の松原から浮島が原へ、さらに愛鷹山《あしたかやま》から富士の峰へと次第に高くかすかになっていき、やがて、大空の霞にまぎれて、見えなくなってしまったのでした。

※1　雲の通《かよ》い路《じ》……雲の中にあるとされる、鳥や天女の通る通路。

※2　迦陵頻伽《かりょうびんが》……極楽浄土にすむといわれる、頭が人間の女性の姿をした鳥。妙なる声で法を説く。

※3　天人の五衰《ごすい》……涅槃教《ねはんきょう》によると、①衣服が脂じみる、②頭に飾った華鬘《けまん》が萎える、③体が薄汚れて臭くなる、④腋下から汗が流れる、⑤自分の席に戻りたがらなくなる、と言われている。

※4　白衣黒衣《びゃくえこくえ》の天女……月の宮殿には白衣の天女と黒衣の天女が十五人ずついて、毎夜白衣と黒衣の一人ずつが入れ替わり舞を奉納している。一日目から白衣の天女が一人ずつ増えていき十五人揃うと満月、一六日目から黒衣の天女が一人ずつ増えていき十五人揃うと新月。

満次郎のここが面白い『羽衣』

日本中に、いや世界にも存在する羽衣伝説の元祖がこの物語であろうかと。解りやすい話や展開も、人気の理由でしょう。月の満ち欠けを担当する三十人の天女の一人なわけで、月へ戻らなければ宇宙的な事件となってしまうのですが、バカンス？

で地球へ来たならば白衣の天女であったのかなと思います。天女と言えば白い衣、これが国を越えても共通の意識です。もっとも、流儀や演出の違いで、色は白とは限りません。赤い羽衣を用いて、返されて着用した際にひときわ華やかに美しく感じさせるための工夫をする流儀もあります。

それからこの曲の主題でもある人間の愚かさへの警告は、「いや疑いは人間にあり。天に偽り無きものを」という句に凝縮されています。富士山と共に世界遺産に登録された三保の松原は絶景です。宇宙人（月の宮人）もバカンスに来るほどの地、是非お出かけください。

安宅［あたか］

四番目・義経物

❖作者／観世小次郎信光か　❖素材／『義経記』など

❖登場人物／シテ…武蔵坊弁慶　ワキ…富樫某　子方…源義経　ツレ…義経の郎等達
アイ…富樫の太刀持、義経一行の強力

❖場所／加賀国、安宅　❖時／文治三年（一一八七）二月

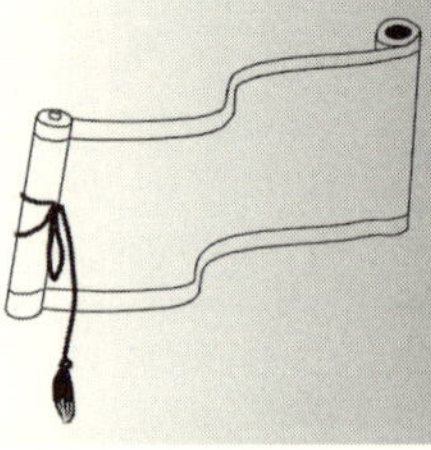

そそる台詞

旅の衣は篠懸《すずかけ》の
旅の衣は篠懸の
露《つゆ》けき袖《そで》やしをるらん

さらばよとて
笈《おい》をおつ取り
肩に打ち掛け
虎《とら》の尾を踏み
毒蛇《どくじゃ》の口を、遁《のが》れたる心地《ここち》して
陸奥《むつ》の国へぞ、下《くだ》りける

義経、弁慶一行は加賀・安宅に着いた
子方：義経
子方が演じて哀切な感じを出す
ずらり
ツレ：山伏に扮した郎党たち
兜巾《ときん》
篠懸《すずかけ》の衣
シテ：弁慶
区別のため縞模様の水衣などを着る
義経は目立たないように強力の衣装に着替える
笠
かえって目立ってる？
これは関所にて候
ワキ：富樫
一人も通すまい
ならば最期の勤行を行う
ざっ
勧進僧なら勧進帳を読んでみろ
即興の勧進帳
弁慶に圧倒されて…
通ってよし
義経の正体がバレそうになる
おまえがもたもたしているから疑われた
ペシッ
ペシッ
それでも通さない富樫 山伏たちが迫る
まちがえました通ってください
じんじん
無事関所を通過
主君に手を上げるとは許されないことです
あれはお前の考えではない天のお告げさ
富樫が追って来た
先程の無礼を詫びたい
弁慶は男舞を舞う
心許すな関守の人々

安宅　ものがたり

一

源平《げんぺい》の戦いで平家追討に貢献した源義経《みなもとのよしつね》は、今は兄・源頼朝《みなもとのよりとも》と不仲になり、吉野へ逃れまた京に留まっておりましたが、そこにも追手が迫り、ついに奥州平泉《おうしゅうひらいずみ》の藤原秀衡《ひでひら》のもとへ落ちて行くことになりました。一方、鎌倉の頼朝は、義経一行が山伏《やまぶし》※1に変装して出立したのを知り、すぐさま国々に新しく関所を設けて、通りかかる山伏を全て厳しく詮議《せんぎ》せよとの命令を出したのです。

ここ加賀の守護職には、倶利伽羅峠《くりからとうげ》の戦いで功績を上げた富樫泰家《とがしやすいえ》が任じられておりました。

「頼朝様から、この関を管理し責任を持って山伏を留めよとのお達しだ。関所の家来に、抜かりがないように申し付けておこう。誰かおるか」

「はっ、御前に」

富樫の太刀持《たちも》ちがひざまずきました。

「本日も、山伏が通りかかったらすぐにこちらに知らせるように」

「畏《かしこ》まりました」

太刀持ちは、関を守る者たちに富樫の言いつけを申し伝えたのでした。

二

如月《きさらぎ》十日。偽《にせ》の山伏の姿となった義経以下、十二人の一行は、月光に照らされた都を出立しました。

先達《せんだつ》※2の姿の弁慶《べんけい》を初めとして、伊勢《いせ》の三郎、駿河《するが》の次郎、片岡《かたおか》の八郎、増尾《ましお》の十郎、常陸坊《ひたちぼう》などがお供をし、深山の篠《すず》の露に濡れた篠懸《すずかけ》※3の衣の袖を、さらに涙でぬらしながら、いつたどり着けるかもわからぬ奥州への道を急ぐのでした。

逢坂《おうさか》の関《せき》まで来た時、一同は都の方を眺めましたが、春霞《はるがすみ》が立ちこめ見ることが出来ませんでした。それから琵琶湖《びわこ》を舟ではるかに進み、海津《かいづ》の浦《うら》に着き、浅茅《あさじ》の色づく愛発山《あらちやま》を越え、敦賀《つるが》の海辺に出て越前国一の宮・気比《けひ》神宮を拝し、そこからまた、木《き》の芽《め》峠、浅瀬の流れる麻生津《あそうづ》、その下流の三国《みくに》の港に出て、波の打ち寄せる篠原《しのはら》あたりを過ぎ、蘆《あし》をなびかせて激しい嵐が吹く、花咲き乱れる安宅《あたか》に着いたのです。

弁慶はここで、ひとまず一行を休ませました。

義経がすぐ弁慶を呼びます。

「弁慶、いるか」

「は、御前に」

「今すれ違うた旅人の話を聞いたか？」

「いや何とも、聞いておりませんでした」

「安宅の港に新しい関所を設け、山伏を厳しく検問していると申していた」

「これは驚きました。さては、義経様が奥州へお下りになるのを知って立てた関所でございましょう。この一大事、皆で討議いたしましょう」

弁慶が他の従臣たちに、思った通り意見を申し述べるように言うと、その中の一人が、

「何ほどの事がありましょう。ただただ、打ち破ってお通りなされるのがよいと存じます」

と勢いづくのを制して弁慶は言いました。

「確かに我等なら、ここの関所を打ち破って押し通るのはたやすいことだ。だが、関所はここだけではあるまい。この先々のことが大事。ここは事を荒立てず通らねばなるまい」

義経は弁慶を見やって言いました。

「ともかく、弁慶が良いように計らえ」

「畏まりました……そこで、今、少し気になったことがございます。ここは皆で山伏を演じきって、安宅の関を通るしかございませんが、一つ問題がございます。我ら十一人はむさ苦しい山伏の格好がぴったりですが、何と言っても義経様のお姿は山伏に見えず、隠しおおせません。そこで、恐れ多いことながら、その山伏の衣をお脱ぎになり、荷物運びの強力《ごうりき》の背負う笈《おい》※4を肩に掛けて、笠を深々とお被《かぶ》りになり、いかにもくたびれた様子で我等の後ろからお通りになるならば、そのような荷物運びがまさか義経様だとは思いもよらぬと存じます」

「まことにもっともだ。弁慶の言う通りにいたそう」

義経が笈を背負い、菅笠を深く被って顔を隠し、足を痛めた強力のようにお歩きになると、お供の一行は、いたわしさに秘かに涙を流したのでした。

三

一行の行く手に、安宅の関が現れました。覚悟をはるかに上回る厳しい検問で、山伏の首がごろごろ転がっております。

富樫の太刀持ちが一行に気づき、すぐに富樫に申し伝え、一行をとどめました。

「申し、山伏たち、ここは関所ですぞ」

弁慶は答えました。

「我らは、奈良東大寺《とうだいじ》大仏殿再建の寄進《きしん》の勧進《かんじん》に、※5北陸道を任されているものでござる。まず、御寄進をお願い申す」

「それは、大変立派な行いです。寄進の勧めには応じましょうが、それはそれとして、この関は山伏の方々に限り、お留めする関なのです」

「それは、どういうことでございましょう」

「頼朝、義経ご兄弟の御仲が悪くなられ、義経様は、奥州の藤原秀衡をお頼りになり、十二人の偽の山伏となり、お下りになるとの噂がござる。それで、国々に新たな関所を設け、山伏を厳しく取り調べよとのお達しなのです。

この安宅の関は私が責任を持って引き受け、山伏をお留め申しております。ことにこのように大勢であれば、一人もお通し申すことは出来ません」

「なるほど、よくわかりました。しかし、それは、偽の山伏を通すなということで、本当の山伏を通すなということではござりますまい」

先ほどの太刀持ちが弁慶に詰め寄ります。

「いやいや、昨日も、山伏を三人も斬《き》ったのだ。このうえは、お前達も!」

弁慶は、太刀持ちに向かって言い返します。

「ほう、それでその斬った山伏は、義経判官様《よしつねほうがん》だったのか？」

それを聞いていた富樫は、二人を制して言い渡しました。

「ええい面倒な。問答しても無駄というもの。一人も通さぬと決めたのだ。通すことは出来ぬ」

「それでは、我々をここで斬るおつもりですか」

「無論のこと」

「話にならない。大変なところへ通りかかったものだ。それなら詮方《せんかた》ない。最期《さいご》のお勤めをして、大人しく斬られることに致します。皆々、近くへお寄りなさい」

弁慶の声に他の者は駆け寄って、弁慶の後ろに座りこみました。一同、数珠《じゅず》をさらさらと押しもみ、声も高らかに祈りました。

「そもそも山伏は、
役行者《えんのぎょうじゃ》※6の始めた修験道の作法を受け継ぎ、
その身は不動明王のお姿をまね、
兜巾《ときん》※7は大日如来の戴《いただ》く五智《ごち》の宝冠《ほうかん》を模し、
輪廻《りんね》の十二の因果を表わす十二のひだを作って頭に戴き、
金剛界《こんごうかい》の九会曼荼羅《くえまんだら》を表わす柿色の篠懸を着て、

胎蔵界《たいぞうかい》の黒の脚絆《きゃはん》を穿き、
わらじの紐を通す八つの穴は
極楽浄土の八ひらの花弁をもつ蓮《はす》の花を踏んでいる事を表し、
吐く息に阿《あ》の字、吸う息に吽《うん》の字を唱え
その身体がそのまま尊い仏身である山伏を
ここで討ち留めなさるということを
不動明王はどう思ってご覧になるであろう。
また、熊野権現の御罰が当たるだろうことは、何の疑いもない……
唵阿毘羅吽欠《おんなびらうんけん》
唵阿毘羅吽欠」

一行が山伏の勤行を終えると、富樫は弁慶に言いました。
「勤行は大変結構なものでした。ところで、先ほど、奈良の東大寺再建の勧進と言われましたが、であれば、さだめし、その寄進を勧める趣旨を記した勧進帳をお持ちでしょう。今それを読み上げてください。ここで、聞かせてもらいましょう」

「何、勧進帳を読めと言われるか」

「いかにも」

「心得ました」

もとより、偽の山伏。勧進帳など持っておりません。しかし弁慶は少しも慌《あわ》てず、笈の中から適当《てきとう》な往来《おうらい》ものの巻物※8を一軸取り出して恭《うやうや》しく開きました。富樫が不審に思い確かめようとにじり寄るのを、弁慶は動揺する気配も見せずさらりとかわし、即興の勧進帳を、天にも響けと読み上げたのでした。

「それつらつら惟《おも》んみれば、大恩教主《だいおんきょうしゅ》の秋の月は、涅槃《ねはん》の雲に隠れ、生死長夜《しょうじじょうや》の長き夢、驚かすべき人もなし。ここに中頃《なかごろ》、帝《みかど》おはします。御名《おんな》をば、聖武皇帝《しょうむこうてい》と、名づけ奉り、最愛の夫人に別れ、恋慕《れんぼ》やみがたく、涕泣眼《ていきゅうまなこ》に荒く、涙《なんだ》玉を貫く、思ひを善途《ぜんと》に翻《ひるがえ》して、盧舎那仏《ろしゃなぶつ》を建立《こんりゅう》す。かほどの霊場の、絶えなん事を悲しみて、俊乗坊重源《しゅんじょうぼうちょうげん》、諸国を勧進す。一紙半銭《いっしはんせん》の、奉財《ほうざい》の輩《ともがら》は、この世にては無比の楽《らく》に誇り、当来《とうらい》にては、数千蓮華《すせんれんげ》の上に座せん。帰命稽首《きみょうけっしゅ》、敬って白《もう》す」

関所の者たちは、弁慶が朗々と勧進帳を読み上げる勢いに圧倒され、怖れをなして、富樫も関を通ることを認めたのでした。

一同がそうそうに関を通り、立ち去ろうとした、その時です。先ほどの太刀持ちが富樫に注進しました。

「申し上げます。今、関を通ろうとしているのは、まさしく義経判官殿ですぞ」

「なに義経判官殿とな」

富樫は直垂《ひたたれ》の片袖を脱いで、太刀を手に、山伏の一行の最後を行く強力に声を掛けました。

「おい、そこの強力、止まるのだ」

義経は行く手を阻《はば》まれ、膝《ひざ》をつきました。

家来たちは、もはやこれまでと刀に手を掛け駆け寄りますが、弁慶はそれを押しとどめます。

「待て。慌《あわ》てて事をし損じてはならぬ」

弁慶は強力の姿の義経を見やって言いました。

「おや、何だってあの強力は関を通らないのだ」

富樫が答えます。

「あれは、こちらで留めました」

「また、なぜお留めになりますぞ」

「あの強力が、ちと、ある人に似ていると申す者がおりまして、それで留めました」

「さて、人が人に似ているとは、珍しくないことを仰せですな。一体、誰に似ておりますかな」

「義経判官殿に、似ていると申す者がございますので、事が明らかになるまで留め置くのです」

「なに、これは驚いた。義経判官殿に似ていると言われたとは、この強力も一生の思い出になる事であろう」

弁慶は、強力姿の義経を睨《にら》み付けました。

「しかし、ええい、腹が立つ。日の高い内に能登《のと》まで行こうと思うていたのに、わずかばかりの笈を背負うて、よろよろ後ろからついてくるから人も怪しむのだ。この間から、憎い憎いと思うていたのだ。今日は目に物見せてやろう」

弁慶は手にした金剛杖《こんごうづえ》で、散々に義経を打ち据《す》えた末に、一行の方に突き飛ばしました。

「さあ、早く通れ」

しかし富樫は通そうとしません。弁慶は富樫を見据えて言い放ちました。

「そうか、この笈に目を付けたな。おまえは、盗賊だ！」

山伏の一行も打刀《うちがたな》に手を掛けて詰め寄り、口々に言いました。

「あなた方関所の者は、何故《なにゆえ》に、このような賤《いや》しい強力に太刀《たち》や刀を抜かれるのか」

「人の弱みにつけ込んで、侮《あなど》り面白がるのは臆病者の振舞いだぞ」

十一人の山伏が、今にも刀を抜こうとしながら地を踏みならし勇みかかる様は、いかなる天魔鬼神も怖れるほどでした。

「……これは大変な間違いを致しました。どうぞお通り下さい」

富樫はついに一行を通したのでした。

四

一行はひたすらに歩いて離れた山陰までやってくると、やっと休みを取りました。

弁慶は義経の前にひれ伏しました。

「あまりの難儀に許されざることを致しました。君の御運の尽きた為に弁慶の杖にまであたり給うかと思うと、あまりに情けない」

「いや弁慶、そんな風に考えてはいけない。今の機転は、とても人の考えつくものではない。ただただ、天がお守りくださったのだ。関の者が怪しんで、まさに我が命が尽きようとしたとき、弁慶が下人をたたくように私を打ち据えて救ってくれた。これはきっと八幡大菩薩《はちまんだいぼさつ》のお考えに違いない。弁慶は気にするな」

「いいえ、世は末世《まっせ》と言えど、まだ太陽も月も地に落ちてはおりません。それなのに、たとえどのような理由であっても、主君を杖で打って、天罰を受けぬはずがございません」

「辛い年月が我が身にめぐり来て、今日の難に遭《あ》い、またそれを遁《のが》れたことは不思議としか言いようがない」

そこにいる十余人の者たちは、夢から覚めたような心地がして、互いに顔を見合わせ、ただ泣くばかりでした。

思えば義経は、武門の家に生まれ、兄・頼朝に一命を捧《ささ》げ、壇ノ浦《だんのうら》では屍《しかばね》を西海《さいかい》の波に沈める覚悟で戦ったのです。山野や海岸に起き臥《ふ》し、鎧《よろい》の袖を片敷いて寝る暇もなく、波間を舟で浮かび、屋島《やしま》では激しい風波に身をまかせて敵を急襲し、一の谷の合戦では、馬の蹄《ひづめ》の跡も見えぬ雪の中に迷い、須磨、明石に戦い、三年も費やすことなく敵を滅ぼし、世を従わせたのです。

しかしその忠勤も無駄になり、落ちぶれ果てたのは、そもそも何の因果でしょう。

義経は、思うことが叶わないのが世の常なのだと知ってはいても、実直な者は苦しみ、讒言《ざんげん》をする悪臣は世に栄えて、自分は吉野の山にさすらい、今またこの北陸の地で、雪や霜に苦しめられ埋もれているのが悲しく、神仏は正しく裁いて下さるはずなのに、この世に神も仏もいないとしか思えないと、憂き世を嘆《なげ》かぬわけにはいきませんでした。

五

そこへ、先ほどの富樫が、非礼を詫《わ》びるためと、酒を携《たずさ》えて追って参りました。

弁慶は盃《さかずき》に浮かれて心を許すなと皆を戒《いまし》めた後、富樫を招き入れ酒宴を開きました。

「この山の水が下りて岩に当たって響いているのは、まさに延年《えんねん》の舞の謡《うた》いの『鳴るは滝の水』。随分と酔いましたので、私がお酌《しゃく》に参りましょう」

弁慶は富樫の盃に酒を注ぎ、富樫もそれを受けて上機嫌に言いました。

「それでは頂きましょう。この際、ひとつ先達の舞を見たいものです」

「承知致した」

もとより弁慶は比叡山きっての遊僧《ゆうそう》※9、法会の舞の名手なのです。

弁慶は延年の舞を舞いつつ謡いました。

鳴《な》るは滝の水
日は照るとも
絶えずとうたり……

疾《と》う疾《と》う立とう皆の者
心許すな関守に……

弁慶は富樫に別れを告げ、笈を取り上げて肩に掛け、虎の尾を踏み毒蛇《どくじゃ》の口を遁《のが》れる心地で一行を引き連れ、奥州へと落ちて行ったのでございます。

※1　山伏《やまぶし》……各地の霊山で修行する修験道の行者。
※2　先達《せんだつ》……山伏が修行のため山に入る時の指導者。
※3　篠懸《すずかけ》の衣……修験者が衣服の上に羽織る麻の衣。
※4　笈《おい》……仏具、衣類を入れて背負う木箱。
※5　勧進《かんじん》……寺社、仏像などの建立、修理のため寄付を募ること。
※6　役行者《えんのぎょうじゃ》……真言密教の呪法を修め、神仙術を行う。修験道の開祖とされている。
※7　兜巾《ときん》……山伏が額にのせて、ひもを顎の下で結ぶ、黒漆を塗って固めた丸く小さい布。
※8　往来《おうらい》もの……手紙の文例集。往信に復信が対応している。
※9　遊僧《ゆうそう》……遊芸をする僧

満次郎のここが面白い『安宅』

義経一行が「偽《つく》り山伏（山伏に変装している）」となって藤原秀衡を頼りに奥州へ下っていることは、残念ながら、ほぼ世間の皆が知っていることでした。安宅に関所を設けて山伏狩りをしている情報が入り、弁慶を中心に策が練られます。一騎当千のつわもの達は蹴散らして打ち破ろうと言う者もいましたが、慎重な弁慶は義経が強力（荷物持ちの下人）に成りすますことを提案します。まさか主君にそんな事はさせまいと思わせる為でした。

有名な勧進帳を読む場面、特殊で高度な謡と囃子演奏も聴きどころです。見とがめられた義経を、「この強力め！」と散々金剛杖で打ちのめす弁慶。それでも関守は通そうとしません。見破られてしまい、大勢の義経配下の者は「山伏の笈に咎めを掛ける盗人か」と逆に言いがかりを付けて迫ります。あまりの迫力に圧倒され関守富樫は一行を通してしまいます。ここの緊迫感、迫力は見せ場です。無礼をしたと地酒を持参の富樫の前で酒宴となり、弁慶は勇壮な男舞を舞い、虎の尾を踏み毒蛇の口を逃れる思いで、すっ飛んで行く一行。彼らの結末を皆が知っていればこそ、彼らがヒーローとなり「贔屓《ひいき》」の対象となるのです。

能の型　足拍子

能では強い感情を表す時に足拍子を踏み鳴らす。安宅のこの場面では、山水が落ちて巌《いわお》に響き立つ音を表現して大きくダイナミックに足拍子を踏みしめる。

葵上

［あおいのうえ］

四番目・執心鬼女物

❖作者／古作の能を世阿弥が改作か　❖素材／『源氏物語』葵の巻
❖登場人物／前シテ…六条御息所の生霊（面泥眼）　後シテ…六条御息所の怨霊（面般若）
ワキ…行者・横川小聖　ツレ…照日の巫女（面小面）　ワキツレ…廷臣
アイ…大臣の下人
❖場所／京都、左大臣の邸内、葵上の病室　❖時／不明（平安時代）

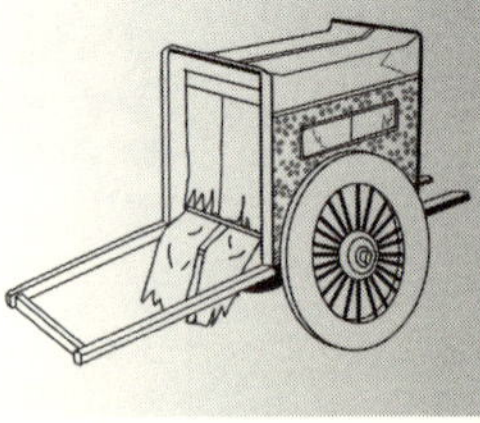

そそる台詞

瞋恚《しんに》の焔《ほむら》は
身を焦《こ》がす
思ひ知らずや
思ひ知れ

人の恨《うら》みの深くして
憂《う》き音《ね》に泣かせ給ふとも
生きてこの世にましまさば
水暗き沢辺《さわべ》の蛍《ほたる》の影よりも
光る君とぞ契らん

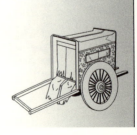

源氏の正妻
葵上《あおいのうえ》は
物の怪に取り付かれていた
うぅ〜ん
出し小袖…
着物一枚で寝ている
葵上をあらわしている
照日《てるひ》の巫女が
梓弓《あずさゆみ》の音で
霊を呼び出す
ツレ
よくも牛車を壊したな
破れ車で現れたのは
六条御息所《ろくじょうのみやすどころ》の生霊
＊破れ車は舞台上にはない
＊車争い…葵祭を見物に行った
六条ノ御息所の牛車は、葵上の牛車に
押しのけられ、辱めを受けたのだ
そこのけ
そこのけ
六
葵
源氏の愛を失った恨み〜
あら恨めしや〜
前シテ 面：泥眼《でいがん》
生霊は葵上を打ち据える
急遽呼ばれた
行者
横川《よかわ》の小聖《こひじり》
加持祈祷を
始めると…
ワキ
六
六条御息所の怨念が
悪鬼となって現れる
後シテ 面：般若
激しい
戦いの末
悪鬼は
封じられるのだ

葵上　ものがたり

一

光源氏《ひかるげんじ》の正妻で時の左大臣のご息女、葵上《あおいのうえ》様は物《もの》の怪《け》に取り憑《つ》かれておられました。光《ひかる》の君《きみ》の兄に当たられる朱雀院《すざくいん》は、廷臣にお命じになって、葵上の伏せっている左大臣の屋敷に徳高い僧、位の高い僧を呼び寄せ、加持祈祷《かじきとう》をさせるやら、医療を施《ほどこ》すやら、様々なことを試みさせましたが、どれも一向に効果がありません。そこで梓弓《あずさゆみ》で霊を呼び寄せる照《てる》日《ひ》の巫女《みこ》という者を呼び出して、葵上様に取り付いた悪霊が、生霊《いきりょう》か死霊《しりょう》かを占《うらな》わせたのでございます。

照日の巫女は、梓弓の弦《つる》を鳴らし、口寄《くちよ》せの最初に浄《きよ》めの言葉を唱えました。

「天清浄地清浄《てんしょうじょうちしょうじょう》
内外清浄六根清浄《ないげしょうじょうろっこんしょうじょう》」

それから、霊魂を呼び寄せる歌を歌いました。

「寄り人《よびと》は
今ぞ寄り来る長浜《ながはま》の
蘆毛《あしげ》の駒に
手綱揺《たづなゆ》り掛《か》け」

（私に憑依《ひょうい》する者が、今そこに近寄って来ている。灰色の蘆毛《あしげ》の馬に乗って、その手綱《たづな》をゆらゆら動かして）

すると、壊れた牛車《ぎっしゃ》に乗った美しい女の怨霊《おんりょう》がぼんやりと現れ出て語り始めました。

「燃え始めた家で、迫りくる炎に気づかず遊び戯《たわむ》れている子供のように、人は煩悩《ぼんのう》に苦しめられながら自覚せずにいる。そんな『火宅《かたく》』から、羊、鹿、牛の『三つの車』に乗せると言って誘い出し、唯一の仏の教えを表す大きな白い牛車に導くという法華経《ほけきょう》の『三車家宅《さんしゃかたく》のたとえ』のように、世の人々は仏のお導きによって、煩悩《ぼんのう》の世を逃れ出ることが出来るのだろう。それなのにこの私は、『三つの車』どころか、このような破《やぶ》れ車《ぐるま》に乗る身の上で、思いを晴らすすべもないくやしさ……」

怨霊は、さめざめと泣くのです。

「つらいことばかりが牛車《ぎっしゃ》の車の輪のように次々巡って来るこの浮き世。私が何をしたというのだ。前世の罪の報《むく》いというか。車輪のように、生まれ変わり死に変わり、成仏《じょうぶつ》出来ずにさ迷うばかり。

ああ、人の命の儚《はかな》さは、水の泡、芭蕉《ばしょう》の薄い葉のようだ。昨日の花が今日は夢と消えてしまうのに気付かぬ愚《おろ》かさ。わが身の上の辛さにあの女への恨《うら》みが添って、ひと時も忘れる事の出来ぬこの思いを、せめて、しばし慰《なぐさ》められるかと、梓弓の弦音《つるおと》に引かれ怨霊となって現れ出たのだ。

ああ恥ずかしい。あの葵祭《あおいまつり》の車争いの時と同じように、今もまた人目を忍んで車に乗るわが姿。

月を眺め明かしても、月影にみじめなわが姿を照らし出されぬように、あるかないかに見えるかげろうのように梓弓に寄りついて、心の憂さを語ろう」

女の怨霊はあたりを見回しつぶやきます。

「梓弓の弦の音はどこから聞こえて来るのだろう。私は、母屋の戸口のところにいたのに、姿がないからなのだろうか、問いただす者もなかった」

次第に近づいて来る怨霊の姿が、照日の巫女には見えました。

「不思議です。誰ともわからない高貴な女御《にょうご》が壊れた牛車《ぎっしゃ》に乗っておられて、青女房《あおにょうぼう》※1が牛もつけていない牛車の長柄《ながえ》にすがって、さめざめと泣いています。なんとおいたわしい。もしかして葵上様に憑いておられるのは、この女御ではないでしょうか」

照日の巫女のさす方に向いて、廷臣は語りかけました。

「大方、どなたであるか推量致しましたが、包み隠さず、お名のりなさい」

怨霊は葵上の枕元に近づいて座りました。

「稲妻の走る一瞬のように、短く儚いこの世。人を恨んだりわが身を悲しんだりしたところで何の意味もない。そうわかっているはずなのに、いつからこのように魂が離れてさ迷い始めたのであろう」

怨霊は泣き伏しましたが顔を上げ、こう続けました。

「今このように、梓弓の音に引かれて現れ出でた私を、如何《いか》なる者とお思いになられる？私は、先の東宮《とうぐう》の妃《きさき》・六条御息所《ろくじょうみやすどころ》の怨霊である。世にときめいていた古《いにしえ》は、春は宮中の花見の宴《うたげ》、秋は上皇の御所《ごしょ》の紅葉《もみじ》の遊びで月に戯《たわむ》れ、社交界の生活に染まって華やかな身の上であった。だが今は衰えて、日が差せばしぼむ朝顔が定めを知りながら、それを待っているような有様なのだ」

東宮の死後、六条の屋敷に静かに暮らす御息所のもとに通って来たのが光の君でした。

光の君は、亡き母の面影の重なる藤壺《ふじつぼ》中宮との逢瀬がかなわない代わりのように熱心に、美しく教養にあふれた年上の御息所に関係を求めたのです。御息所は、東宮と死別しなければ皇后にもなったかもしれない高貴な身の上。初めは気位高く拒《こば》んでいましたが、やがて光の君との仲にのめり込んでいきました。それが、次第に訪れが絶え絶えになり、正妻に迎えた葵上が懐妊してからはすっかり途絶えてしまったのです。

御息所の怨霊はさらに語ります。

「光の君のお姿を、せめて一目見ようと出かけた葵祭で、葵上の車が私の忍んで乗っている牛車を押しのけ、その郎党に牛車の長柄《ながえ》を壊されて辱《はずかし》めを受けた。その悔しい思いを、晴らすことも出来ないのが悲しい。酷《ひど》い仕打ちを忘れることは出来ぬ。物憂《ものう》い野辺《のべ》の早蕨《さわらび》の萌《も》え出るように兆《きざ》し始めたわが恨み。それを晴らそうと、現れ出でたのだ」

怨霊は、伏し床で苦しみ出した葵上を見つめました。

「あなたは知らないのか？　思い知るがよい。世の情けは人のためではない。やがては、自分に報いとして返ってくるのだ。あなたは私に酷い仕打ちをした。その報いは必ずあなたに返ってくる。今さら何を嘆くことがある。私の恨みは、決して、決して、尽きることはない。ああ、恨めしい！　どうしてこの女を打たずにいられようか」

照日の巫女に憑依した青女房が、御息所を諌《いさ》めます。

「ああ、なんとあさましいお心でしょう。御息所様ほどの高貴な御身分でありながら、後妻打《うわなりう》ち※2の御振舞とは。そのようなことをなさってよいはずがございません。どうぞ、思いとどまって下さいませ」

「いや、何と言おうとも、あの女を打たずにいられない」

御息所の怨霊は、葵上の枕元に膝をつき、扇を握りしめると、恨みを込めて葵上を打ち据《す》えました。御息所の怨霊の怒りは留まるところを知らず打擲《ちょうちゃく》は激しさを増していきます。

青女房も、

「もうこのうえは」

と叫ぶと、葵上の足もとに駆け寄りました。御息所と青女房は身もだえる葵上をさらに打ち据えながら言いつのるのです。

「今こうして私の恨みを受けるのは、自分がやった行いの報いなのだ」

「激しい怒り、憎しみ、恨みの炎は燃え上がり」

「われとわが身を焦がす」

「これでも思い知らぬか！」

「思い知るがよいぞ！　恨めしいあなたの心。ああ恨めしいその心。恨まれるのがつらいと声を上げて泣いたとて、おまえは生きているかぎり、水暗《みずくら》き沢辺《さわべ》に飛ぶ蛍《ほたる》より輝かしい光る君と契《ちぎ》り続けることであろう。それに引きかえ私は、光る君と会う前の身となって、蓬《よもぎ》の生い茂る野《の》の葉末《はずえ》の露《つゆ》のように死んでいくのだ。それがことさら恨めしい。昔語りになってしまった二人の契り、夢の中でさえ戻ることは出来ぬのだ。だからこそ思いはさらに増すばかり。鏡に映る衰《おとろ》えたわが面影も恥ずかしい。葵上よ、お前の枕元に立て置いた破れ車にお前を引き込み、闇《やみ》の世界に連れ去るとしよう」

六条御息所の生霊は、苦しみもだえる葵上を、枕元の破れ車に引きずり込みました。

その途端、御息所もお付きの女も牛車も空《くう》に掻《か》き消えて、後には照日の巫女と、息も絶えたように蒼白《そうはく》な葵上が横たわっているばかりでした。

二

この様子に、左大臣の廷臣はあわてて従者を呼び、申しつけました。

「おまえはすぐに比叡山延暦寺《ひえいざんえんりゃくじ》に行き、横川《よかわ》の小聖《こひじり》に、『葵上様の加持祈祷のため、急いでおいで下さい』と申しなさい」

「畏《かしこ》まりました」

従者は比叡山へ駆《か》けて行きました。

「やれやれ、これは大変なことになった。横川の小聖様のもとへ急ごう……」

従者はやっとたどり着くと、案内を乞《こ》いました。

「申し。申し。お頼み申します」

「誰だ。騒々しい」

横川の小聖は印《いん》を結び、真言《しんごん》を唱《とな》え、心に仏を念じておられましたが、左大臣の仰せでもあり、葵上様の御物の怪がひどく、たいそうな御苦しみと聞いて、急ぎ参上いたしました。

「小聖様、夜分ですのに、よくおいで下さいました。ありがとうございます」

廷臣はさっそく、小聖を葵上の寝所に案内いたしました。

「これは、ことのほか邪悪な気に取り憑かれておいでのようだ。さっそく、加持祈祷をいたしましょう」

「よろしくお願いいたします。すぐお始めください」

「心得ました」

小聖は何者かが暗闇に身を潜めている気配を感じ、印を結び、真言を唱えました。

「この修験者《しゅげんしゃ》が、ご加持《かじ》いたしましょう。

役行者《えんのぎょうじゃ》の跡を継ぎ、
慈悲《じひ》の胎蔵界《たいぞうかい》、知恵《ちえ》と徳《とく》の金剛界《こんごうかい》
二つの世界を表す大峰《おおみね》、葛城山《かつらぎさん》に分け入れば
極楽の七宝《しちほう》のような露が降りかかる。
露を防ぐ鈴懸《すずかけ》の衣《ころも》を羽織り
一切の侮辱《ぶじょく》と迫害《はくがい》を耐え忍び恨《うら》まぬ
忍辱《にんにく》の袈裟《けさ》を掛け
高らかな音《ね》を立てる紫檀《したん》の数珠を
さらりさらりと押し揉んで
お祈り致しましょう……」

すると暗闇から、打ち杖を持ち、恐ろしい形相をした御息女の怨霊がその姿を現して、小聖を睨《にら》み付けました。

小聖は、怨霊に向け数珠を押し揉み祈りました。

「東方《とうぼう》に降三世明王《ごうざんぜみょうおう》

なまくさまんだばさらだ

災いよ去れ……」

怨霊は一瞬身を伏せましたが、再び葵上に襲いかかろうと打ち杖を振り上げて言いました。

「聖《ひじり》よ立ち去れ！　手出しをするな。手出しをすればお前も生きてはおられぬぞ」

しかし聖は屈せず、さらに数珠を押し揉んで怨霊に迫り祈りました。

「たとえいかなる悪霊《あくりょう》であっても、行者《ぎょうじゃ》の法力《ほうりき》の尽きることがあろうか」

祈祷を避けて葵上から離れる怨霊。それを追い、祈り伏せる小聖。

「東方《とうぼう》に降三世明王《ごうざんぜみょうおう》

南方軍荼利夜叉《なんぽうぐんだりやしゃ》

西方大威徳明王《さいほうだいいとくみょうおう》

北方金剛夜叉明王《ほっぽうこんごうやしゃみょうおう》

中央大聖不動明王《ちゅうおうだいしょうふどうみょうおう》

なまくさまんだばさらだ

せんだまかろしやな

そわたやうんたらたかんまん
聴我説者得大知恵《ちょうがせっしゃとくだいちえ》
知我心者即身成仏《ちがしんしゃそくしんじょうぶつ》」
（我が説を聴く者は大知恵を得、我が心を知る者は即身成仏する）

怨霊は打ち杖を振り上げ、小聖に打ちかかりましたが、ついに祈り伏せられ、手にしていた打ち杖をパタリと捨てました。

「ああ、なんと恐ろしい真理を知る御仏の声。もはやこれまで。この後、この怨霊が、再び来るようなことはいたしますまい」

行者の五大明王に祈る声を聞いたとき、御息所の生霊の中にある悪鬼《あっき》もその心を和らげ、誹謗迫害《ひぼうはくがい》を耐え恨まない忍辱慈悲《にんにくじひ》のお姿で菩薩《ぼさつ》が立ち現れたのです。こうして、深い怨念《おんねん》や嫉妬《しっと》の迷いの世界を去り、悟りを開いて、六条御息所は成仏する身となっていかれたのです。

まことに、ありがたいことでございました。

満次郎のここが面白い『葵上』

大ベストセラーである源氏物語。六条御息所は品格あり、救われない哀れさ、はかなさ、数奇な人生が、その魅力を増しているのでしょうか。光源氏の正妻、葵上の病状がどんどん悪くなるのは「モノノケ」の仕業とする当時、様々な加持祈祷をしても快方に向かわず、ついには梓弓《あずさゆみ》による「口寄せ」を行う霊媒師、照日《てるひ》の巫女《みこ》に正体を突き止めさせます。ここの演出は秀逸であり、そもそも病床の葵上は小袖一枚を舞台前方に敷くだけでそれを意味し、梓弓は小鼓の演奏で表現します。小鼓の「プ・ポ・プ・ポ」という音に引き寄せられる御息所の生霊のうつつ無さと悲しみ。葵祭で受けた屈辱により「破れ車」となった牛車に乗り、供の青女房と現れる様は、巫女にしか見えていない設定です。もっとも牛車や青女房さえ登場もしませんが。「泥眼《でいがん》」という両眼と歯に金泥を塗った面は、美しく怪しく、葵上の枕元に近づきます。益々、光君の心を遠ざけると知りつつ、どうしても恨んでしまう我が心に悩みながらも葵上を打ちのめして冥界に連れ去ろうとする愚かさ。能の表面上では横川の小聖に祈り伏せられて成仏、となりますが、そんな簡単に……？　いえ、それも含めて能は語らずともサインを送っているのです。

※1　青女房……若く物慣れないようなお付きの女。
※2　後妻打《うわなりう》ち……離縁された前妻が後妻を嫉妬してうち叩くこと。

卒都婆小町（卒塔婆小町）

［そとばこまち］［そとわこまち］［そとわごまち］ 四番目・老女物

❖作者／観阿弥　❖素材／『玉造小町壮衰書』など
❖登場人物／シテ…小野小町（面老女）　ワキ…高野山の僧　ワキツレ…従僧
❖場所／山城国、鳥羽辺り　❖時／秋

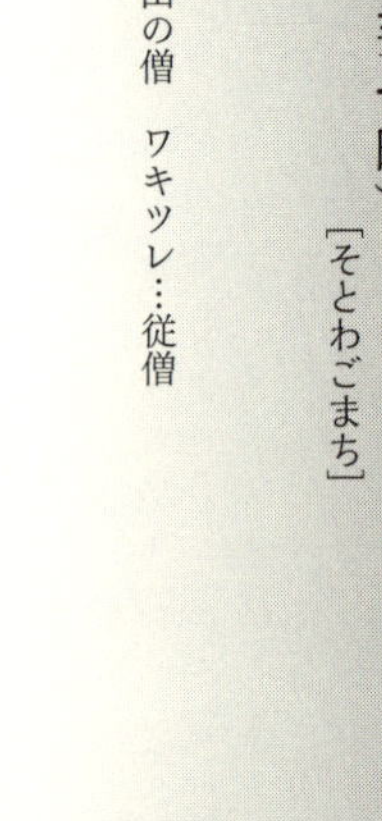

そそる台詞

われも賤《いや》しき埋木《うもれぎ》なれども
心の花のまだあれば
手向《たむ》けになどかならざらん

行きては帰り、帰りては行き
一夜《ひとよ》二夜《ふたよ》三夜《みよ》四夜《よよ》、七夜《ななよ》八夜《やよ》九夜《ここのよ》
豊《とよ》の明《あかり》の節会《せちえ》にも、逢《あ》はでぞ通《かよ》ふ鶏《にわとり》の
時をも変へず暁の、榻《しじ》のはしがき
百夜《ももよ》までと通ひ行《い》て
九十九夜《くじゅうくよ》になりたり

高野山の修行僧一行
ワキツレ
ワキ
そこの物乞い
卒都婆に
腰掛けては
いけません
シテ：老婆
面：老女
どっこいしょ
卒都婆…大日如来の
誓願を表したもの
五輪塔
空
風
火
水
地
五大五輪は
人の体
どうして
隔たりがあろうか
あなたの
名前は？
恥ずかし
ながら…
小野小町が
なれる果
小野小町
和歌を詠み
才色兼備
恋文を山ほど
もらいながら
誰にも返事を
書かなかった
何か
食べ物を
おくれ
小町の
もとへ
通わな
ければ…
あなたが
小町で
しょ？
小町を愛する
深草少将の
百夜《ももよ》通い
百夜通えば
受け入れて
あげる
九十九夜目で
死んでしまった
無念…
小町に深草少将の
霊が憑く
風折烏帽子
一夜を待たで
死したりし
長絹

卒都婆小町　ものがたり

一

紀州《きしゅう》和歌山の高野山《こうやさん》は、弘法大師《こうぼうだいし》の創建された金剛峯寺《こんごうぶじ》で知られる真言密教《しんごんみっきょう》の霊場です。その高野山から都に上る修行僧がおりました。

釈迦如来《しゃかにょらい》はすでにこの世を去り、その死後五十六億七千万年先の弥勒菩薩《みろくぼさつ》の出現までを、真言宗《しんごんしゅう》では中間《ちゅうげん》の世と呼びます。そんな儚《はかな》い夢のようなこの世に生まれて、何を現《うつつ》と思えばよいのだろうと僧は思いました。輪廻転生《りんねてんしょう》の六道《ろくどう》の内の人間界に生を受けるのも稀《まれ》なことであるうえに、たやすくは出会えない釈迦如来の教えに接することの出来た幸せ。これを悟《さと》りを開く機縁としなければと一筋に心に思い、一重《ひとえ》の薄い墨染《すみぞ》めの衣に身を包み、僧の修行に励んでおります。

「父母未生《ぶもみしょう》以前《いぜん》の自己」（父や母すら生まれる以前の私）とは何かの問いに答えを見いだし、自己という立場を離れた絶対普遍の真理を極めれば、憐《あわ》れむべき親もなく、心を留める子の存在もない。千里を行くのも苦とせず、野に伏し、山に泊まって修行する日々こそ、まことの安住の地と思い定めているのです。

僧は、お供の僧を連れて、大坂は津《つ》の国の阿倍野《あべの》までやってまいりました。

「だいぶ急ぎましたので、ここはもう阿倍野の松原《まつばら》とか申す所ですよ。ここで、しばらく休みましょう」

「それがよろしいと思います」

主従の僧は、木陰に腰を下ろしました。

二

その頃、笠を被《かぶ》った一人の老婆が、もう日も暮れかけてきたなかを、杖《つえ》を頼りに歩いておりました。

「憂《う》きことの多いこの身は、浮《う》き草と同じ。水の流れのまま、漂《ただよ》うばかり。ただ若いころと違い、誘う水のないのがどうしようもなく悲しい」

老婆は昔を思い出して嘆《なげ》きました。

「ああ、古《いにしえ》は、たいそう驕《おご》り高ぶり、翡翠《かわせみ》の羽のように艶《つや》やかな黒髪はたおやかで、柳の枝が春風になびくようであった。また、鶯《うぐいす》のさえずりのような声は、露《つゆ》を含んだ糸萩《いとはぎ》の花がほんの少し散り始めたように愛しいものだった。

それなのに、今は庶民や賤《いや》しい女にさえ汚い者とさげすまれ、世間に恥をさらし、面白くもない日々を重ねるうちに、百歳の老婆になってしまった。

都にいると、人目が恥ずかしい。『見てごらんなさい。あれはほら、例のあの人じゃないの？』と人が言うと思い……夕《ゆう》まぐれ、月の出とともに京の都を出てきたけれど、考えてみれば宮中を守る番人もこのような物乞《ものご》いを咎《とが》め立てはすまいから、夜に忍んで行く必要もなかったのだ。

鳥羽《とば》の恋塚《こいづか》や秋の山が、重なり合った木々の枝葉の陰に隠れてよく見えないのが残念だ。ああ、月に照らされた桂川に川瀬舟が……漕《こ》いでいく人は誰だろう」

老婆はようやく、阿倍野の松原辺りまで杖にすがってやって参りましたが、さすがに疲れた様子で、そこに転がっている朽《く》ち木に腰を下ろしました。

三

そこは、先ほどの僧たちが休んでいた木陰の近くでした。

「おや、もう日が暮れました。道を急ぐとしましょう」

従僧《ずそう》に声を掛けて腰を上げた僧は、物乞いの老婆が腰掛けているものを見て、驚きました。

「おお、あの物乞いの腰掛けているのは、卒都婆《そとば》ではないか。教え説いて、立ち退かそう」

「それがよろしいと存じます」

二人の僧は、老婆の両脇に立って見下ろしました。

「これ、物乞い女。お婆さんが今腰掛けているのは、只の丸太ではなく、もったいなくも仏様のお姿を表した卒都婆であるぞ。そこを立ち退いて、ほかで休みなさい」

「仏様のお姿を表した、もったいないものと仰せられましたか？　書かれている字も見えないし、仏像を刻んでもない、ただの朽ち木にしか見えないけれど……」

「深山《みやま》の朽ち木であっても、春が来て花が咲けば桜と分かる。ましてや仏体の形になるように彫っているのだから、卒都婆に決まっておる」

「私は賤しい埋《う》もれ木だけれど、まだ心に風雅を愛する花を持っている。その花が卒都婆の手向《たむ》けにならないはずがないでしょう。そもそもなぜ、卒都婆が仏体なのでしょうか」

「卒都婆は、真言密教のご本尊、大日如来《だいにちにょらい》のご誓願《せいがん》を形に表したものなのだ」

「その形とは何ですか？」

「地水火風空《ぢすいかふうくう》」

「その万物を成す五大要素は、人の五体《ごたい》にも備わっているはずです。どうして、人と卒都婆に隔《へだ》てがありましょう」

「形はなるほど同じであっても、功徳《くどく》に違いがあろう」

「卒都婆の功徳とは何でしょうか」

「一見卒都婆永離三悪道《いっけんそとばようりさんなくどう》……

卒都婆を見るだけで、地獄《じごく》、餓鬼《がき》、畜生《ちくしょう》の三悪道《あくどう》から逃れられるのだ」

「一念発起菩提心《いちねんはっきぼだいしん》……

一瞬でも菩提を求める気持ちを起こすことは、百千の塔を建てるより功徳があると言います。人の心も卒都婆の功徳に劣るものではありません」

「そんな心があるなら、なぜ出家をせぬ」

「出家の姿をすることが本当に出家することではないでしょう。私は、心で出家しております」

「卒都婆が仏体とも知らなかったではないか」

「仏体だと思ったから近づいたのです」

「ではなぜ、拝まず、腰掛けたりしたのだ」

「どうせ倒れてごろごろしている卒都婆だから、私も一休みしたのがなぜいけないのですか」

「それは善行をして仏道に入る『順縁《じゅんえん》』ではない」

「悪事を縁に仏道に入る『逆縁《ぎゃくえん》』で浮かばれることもありましょう。弟子でありながら釈迦を裏切った提婆《だいば》でも、衆生《しゅじょう》を救い給う観世音菩薩《かんぜおんぼさつ》と同じように成仏でき、釈迦の最も出来の悪い弟子、愚鈍《ぐどん》な槃特《はんどく》も迷いを脱して真理を悟れば、知恵の優れた文殊《もんじゅ》と同じになれるのです。

悪は善。煩悩《ぼんのう》は菩提《ぼだい》。

修行の末、煩悩を断って到達する悟りは菩提樹《ぼだいじゅ》にたとえられるが木ではなく、真実あるがままの心は明鏡台《みょうきょうだい》にたとえられるが台ではない。

本来、万物《ばんぶつ》は実体のない無。よって、仏も衆生も違いはない。もともと、凡夫の我らを救おうと、お釈迦様は誓願を立てられたのですから、逆縁であっても成仏《じょうぶつ》出来るはずなのです」

老婆がそうねんごろに申し上げると、

「……これは、なんと悟った物乞いだろう」

と僧は老婆の前にひざまずき、頭《こうべ》を地につけて、三度伏し拝んだのでした。

老婆はこれに勢いづいて、自信たっぷりにこんな戯《たわむ》れ歌を詠《よ》みました。

「極楽の
内ならばこそ悪《あ》しからめ

そとは何かは
苦しかるべき
（極楽の内でなら腰掛けてはいけないでしょうが、卒都婆だけに、外《そと》では座っても大丈夫ですよ）

それにしても、うるさい説教だこと。ああうるさい、うるさい」

老婆が笠と杖を手に立ち去ろうとすると、僧は呼び止めました。その素性《すじょう》が気になってしかたがなかったからです。

「さて、一体あなたはどういうお方なのですか。名前を教えてください」

老婆は僧を見ると、杖を置いて座りました。

「恥ずかしながら、名を名乗りましょう……私こそ、出羽《でわ》の郡司《ぐんじ》小野良実《おののよしざね》の娘・小野小町《おののこまち》の、なれの果てなのです」

僧と従僧は目を見開いて、前に座っている物乞い女を凝視しました。

「なんといたわしい。小野小町は、古《いにしえ》は麗《うるわ》しい女性で、そのお顔は花のように輝き、三日月のような眉墨《まゆずみ》はみずみずしく引かれ、白粉《おしろい》を絶やさず薄物《うすもの》や綾《あや》の衣は香木《こうぼく》の御殿にあふれていたとか」

「そうです。あの頃の私は……歌を詠み詩を作り、盃《さかずき》を勧める姿は、空の天《あま》の川《かわ》や月をその袖《そで》に宿すかの如く、まことに優美なものであったのに……いつの頃からか変わり果てて、頭には霜枯《しもが》れた草のような白髪《しらが》を戴《いただ》き、艶やかで美しかった両の鬢《びん》の毛は乱れた墨の跡のように衰えやつれた肌に絡《から》まってへばり付き、なだらかな遠山のように丸みを帯びていた眉も、その美しい色を失って……

百年《ももとせ》に一年《ひととせ》足りぬ
九十九《つくも》（白）髪
かかる思ひは有明《ありあけ》の
影《かげ》恥ずかしき
わが身かな」

（白髪になって、このような思いをするとは恥ずかしい）

小町は手にしていた笠で面を隠しました。僧は、老婆が掛けている布袋に目を留めました。
「して、その、首に掛けた袋には何を入れているのだ？」
「今日の命も知らぬのに明日の為に、干した粟《あわ》や豆を袋に入れて持っているのです」
「後ろに背負った袋には？」

「垢《あか》が付いて脂《あぶら》染《じ》みた衣が入っています」

「肘《ひじ》に掛けている籠《かご》には？」

「慈姑《くわい》の実……蓑笠《みのかさ》は破れ、顔も隠せず、ましてや霜や雪や雨露も凌《しの》げず、涙を拭く袂《たもと》も袖《そで》もない有様。路頭に迷い物乞いをし、何ももらえぬ時は悪心《あくしん》が起き、狂乱の心が憑《つ》いて声も変わり、様子もおかしくなるのです」

そう言うやいなや、小町は狂乱状態になって、両手で笠を持ち僧に詰め寄りました。

「のう、何か食べ物をくれ。のう、お僧、のう」

「何事だ」

「小町のもとへ通って行こうぞ」

「あなたが小町ではないか。なぜそんな訳のわからぬことを言うのだ」

老婆に何者かが取り憑《つ》き、語っているようです。

「小町という女は、あまりに恋の道に通じ過ぎて、あちらからの恋文、こちらからの手紙と、五月雨《さみだれ》の降るように恋文をもらいながら、たとえそら言でも返してやれば良いのに、一度も返事を書かなかった。その報いを百歳になる今受けて……人恋しい。ああ人恋しくてたまらぬ」

僧は、人恋しいと言う言葉に思い当たることがありました。

「『人恋しい』とは、さて、どのような者が取り憑いたのだ」

「小町に思いを掛けた者は数多いが、その中で、ことに思いの深かった……我は、深草少将《ふかくさのしょうしょう》だ。数々の恨みがめぐり、現れ出た。さあ、小町のもとに通うとしよう。今は何時《なんどき》か。夕暮れの月こそ通い路《かよじ》の友。たとえ、妨げをしようとする人があろうとも、やめるものか。さあ、出掛けよう」

老婆はいつしか烏帽子《えぼし》と長絹《ちょうけん》をつけた深草少将の姿になっていました。

「こうして、白布の袴《はかま》の裾《すそ》を持ち上げて、立て烏帽子を風折《かざおり》烏帽子にして……」

狩衣の袖をひき被《かぶ》り、扇で面を隠して、昔、小町のもとに「百夜通い《ももよがよい》」をした様子を繰り返します。

「目を忍ぶ通い路を、月夜も闇夜《やみよ》も雨の日も、

風の日も木枯らしの日も雪深い夜も、

軒の雨だれの音が『疾《と》く疾く（早く早く）』と聞こえてくるほど気をせいて、

行っては帰り、帰っては行き、

一夜二夜三夜四夜《ひとよふたよみよよよ》……七夜八夜九夜《ななよやよここのよ》、十夜《とよ》と、小町に会えないのに通いつめて、

毎夜、時も違えず、暁《あかつき》になると、小町の牛車《ぎっしゃ》の長柄《ながえ》を置く台に印を刻み、

百夜を念じて通い詰め、ついに九十九夜《くじゅうくよ》になった……

それなのに、ああ、胸が苦しい！　目がくらむ！

最後の一夜を通わずに死んでしまった、深草少将の怨念《おんねん》が憑いて、このように狂わせるのだ」

……ひとしきりの狂乱のあと、老婆はその場に座ると面《おもて》を伏せました。深草少将の霊は去って行きました。

「このような恨みの報いを受けて思うのは、後世《ごせ》の幸いを祈ることが、まことの道だということです。砂を重ねて塔を造るようにささやかながら功徳を積み、仏の黄金に輝く膚《はだえ》を磨くように御仏に仕え、花を手向けて、悟りの道に入ることにしましょう」

小町は、静かに、合掌《がっしょう》したのでした。

満次郎のここが面白い『卒都婆小町』

『鸚鵡《おうむ》小町』『関寺《せきでら》小町』『姨捨《おばすて》』と共に「老女物」と呼ばれる、能においては最奥義の曲です。中でもこの曲は、美と叡智で一世を風靡した小野小町の人生の盛衰、執心に取りつかれる苦しさ、されども心の花を失くさず凛《りん》と生きる強さ、そして成仏を願う穏やかさ、それらを全て表現するために緩急もある構成となっていて、見やすい老女物です。老女物ならではの橋掛《はしがか》りに登場する際の「休息の型」をはじめとして、老齢を表現する型が随所にあります。卒都婆に腰を掛けて休んだのを咎《とが》める高野山の高僧を、逆に理屈でやり込めてしまう才智は圧巻ながら、後半は百夜通えと弄《もてあそ》んだ深草の少将の怨念に憑《つ》き纏《まと》われ、己の過去の所業に苦しみ、僧に手を合わせ、花を仏に手向けて来世の救いを願います。その衰えた姿に品格をみていただけたら、それこそ能の本望とかや。

大江山

［おおえやま］

五番目・男鬼物

❖作者／宮増（世阿弥説あり）　❖素材／『大江山絵詞』、お伽草子『酒顛童子』など

❖登場人物／前シテ…酒呑童子（面童子）　後シテ…鬼神（面顰）　ワキ…源頼光　ワキツレ…保昌、貞光、季武、綱、公時、独武者等　アイ…山伏方の強力、酒呑童子に捕らわれた女

❖場所／丹後国、大江山　❖時／夏（平安初期）

そそる台詞

上《うわ》の空《そら》なる月に行《ゆ》き
雲の通《かよ》ひ路《じ》帰り来て
猶《なお》も輪廻《りんね》に心引く
都のあたり程近き
この大江《おおえ》の山《やま》に籠《こ》もり居《い》て

頼光《よりみつ》下に組み伏せられて
鬼一口《おにひとくち》に喰《く》はんとするを
刺し通し刺し通し
刀を力にえいやとかへし
怒れる鬼の首打ち落し
大江《おおえ》の山《やま》を又踏み分けて
都へとてこそ、帰りけれ

源頼光《みなもとのらいこう》らは大江山の鬼退治に向かう
ワキ：源頼光
ワキツレ：山伏姿の頼光一行
頼光四天王
碓井貞光
卜部季武
坂田公時
渡辺綱
藤原保昌
独武者
アイ…洗濯女
アイ…強力
うんざりだ血のついた物を洗うなんて…
酒呑童子の屋敷に泊めてくれ うまくいったら都へ連れ帰ってあげるよ
童子は身の上話を始め酒宴になる
いざいざ酒を呑もうよ～
前シテ：酒呑童子
黒頭 面：童子
あなたのことは誰にも言いませんよ
童子は酔って寝てしまう
んごご～～
頼光らが武装して登場
童子は鬼の姿になって寝ていた
後シテ
赤頭 面：しかみ
一斉に斬り掛かる
かっ
情けなしとよ客僧たち鬼神に横道なきものを
ついに鬼は退治され首をはねられた

大江山　ものがたり

一

平安時代半ば、一条天皇《いちじょう》の御代《みよ》のことでございます。京の都では、あちらこちらの貴族の館から一夜で財宝が消えてしまったり、姫君や若者が神隠《かみかく》しにあったりすることが相次ぎました。

帝は心を悩ませ、陰陽師《おんみょうじ》の安倍晴明《あべのせいめい》に占わせたところ、丹波《たんば》の大江山《おおえやま》に棲《す》む酒呑童子《しゅてんどうじ》という鬼の仕業であることがわかりました。それで武勇の誉《ほま》れ高い源頼光《みなもとのらいこう》と藤原保昌《ふじわらのやすまさ》に、大江山の鬼を退治せよとの勅命《ちょくめい》が発せられました。京の都には早や、涼風が立ち初めておりました。

いくら帝の仰せとはいえ、相手は人間でない妖怪変化。大勢で向かっても、どう攻めたらよいものかと頼光は戸惑いましたが、良い策を思いつきました。

（そうだ、まず皆で山伏《やまぶし》の姿を借りて鬼の館に一夜の宿を頼もう……）

兜《かぶと》の代わりに山伏の兜巾《ときん》を着け、鎧《よろい》の代わりに篠懸《すずかけ》の衣《ころも》を着て、兵具《ひょうぐ》の代わりに笈《おい》を背負い、頼光は藤原保昌と連れ立ち、頼光四天王《らいこうしてんのう》と呼ばれる碓井貞光《うすいさだみつ》、卜部季武《うらべすえたけ》、渡部綱《わたなべのつな》、坂田公時《さかたのきんとき》や腕の立つ独武者《ひとりむしゃ》などを引き連れ、総勢五十余人の手勢を率い、西の方を目指して、まだ夜も明けぬうちに出立したのです。

一行は、月の都を立ち出でて、西川で禊《みそ》ぎをし、鬼神退散の祈願をし、いかに鬼神といえども大君の威光にはかなうまいと勇みに勇んで、意気揚々と大江山へとやって参りました。

二

「おい、誰かおるか」

「御前《おんまえ》に」

頼光に呼ばれて、荷物運びの強力《ごうりき》が畏《かしこ》まりました。

「このあたりで酒呑童子という鬼の住みかはどこにあるか聞いて参れ」

「ははあ！」

強力はすぐさま立ち上がり駆け出しましたが、少し行ったところで立ち止まりました。

「……またなんと難儀なことを仰せつかったものだ。鬼の住みかに先駆けとは、一番危ない仕事ではないか……かといって、ぐずぐずしていたら、頼光様に叱られる……まずは急ごう」

強力はまた走り出し、やがて山の奥へやって参りましたが、息が上がっております。

「こうも険しい山道では、どうもこうもならぬわ」

ふと、谷川の水を見ると、真っ赤に染まっています。

「これは、血の川ではないか！　恐ろしや！　ややっ、川上で女が洗濯をしておる……なるほど、鬼が女に化けて洗濯をしているのだな。ああ気味が悪い！

しかし、あの女は都で見かけたことがあるような気がするが……なにかぶつぶつ言っておるぞ」

「ああ、ああ、もう嫌。うんざりよ！　また、このような血のついた物を洗えと言われた。こんな悲しいことがあろうか！」

「鬼ではなさそうだ。まずは声を掛けてみようか……これ、女」

「え？　あたしかい？」

「なんでこんな山の中にいるのだ」

「あたしはね、三つの時に酒呑童子にさらわれて来て、毎日毎日こうやって洗濯をさせられているんだよ」

「それは、かわいそうに！」

「あんたこそ、誰だい」

「俺は、あの武勇の誉《ほま》れ高い頼光様のお供をして、その酒呑童子とやらを退治しに来たのだぞ……まあ、俺は荷物係だけどさ……おい、おまえ、俺が必ず都へ連れて帰ってやるから、なんとか酒呑童子の屋敷に泊まれるよう計らってくれないか」

「え！　ほんとかい？　あたしを都へを連れて帰ってくれるのかい？　いいよ、屋敷に泊めることは承知した。あたしに任せな。童子に上手く頼んでくるから、ここで待ってなよ」

女は、酒呑童子の館に飛んで帰って行きました。

三

「童子様、童子様はどこですか？」

「誰だ。童子、童子と、騒がしく私の名を呼ぶのは」

「はい、あたしです。今、山伏さんが大勢やって来て、山道で迷って日が暮れたので、一夜のお宿をお願いしたいと、言っておられますよ」

「何！　山伏の一行が一夜の宿を貸してくれと言っているのか？　困ったなあ……私は、桓《かん》武《む》天皇の命令で比叡山《ひえいざん》から追い払われて以来、出家したものには手出ししないと誓わされているのに……まあ、来てしまったものは仕方がない。中門《ちゅうもん》の脇の廊下へお泊め申せ」

女はそう聞くと表に走って行って、強力に交渉成功を伝えました。強力も、よしと喜んで、さっそく頼光の所に駆け戻り報告したのです。

頼光の一行は強力に道案内されて、酒呑童子の館にやって参りました。奥から出てきた酒呑童子を見て、一行は驚きました。酒呑童子は真っ赤な顔で髪はぼうぼう、鬼というより、巨人の赤ちゃんといった様子です。

「山伏さん達は、どちらから、どちらへ行かれる途中で、この隠れ家に寄られたのですか」

頼光が一行を代表して答えます。

「はい、私どもは、筑紫《つくし》の彦山《ひこさん》の山伏ですが、こちらのふもとの山陰道《さんいんどう》から、道に迷いましてね、方角もわからず立ち往生しておりました。このように一夜のお宿をお貸し頂いて、何より有り難く存じます。ところで、酒呑童子と申されるのは、なにかいわれがあるのですか」

「ああ、それは私が、朝夕、酒を好きで飲みますので、家来達に酒呑童子と呼ばれております。いや、酒ほど面白いものはない。さあさあ、あなた方もお召し上がりください」

「これはこれは、せっかくですから、一つ頂きましょう」

酒呑童子の両脇に控えていた童女二人が、頼光の盃《さかずき》に酒を注ぎました。

「おお、これはかたじけない……して、童子さまは、この山にいつから住んでおられるのですか?」
「私は、代々比叡山を住みかにして参りましたが、あの伝教大師《でんぎょうだいし》※1というくわせ者が峰に根本中堂《こんぽんちゅうどう》※2を建て、麓《ふもと》に七社の霊神※3を祀《まつ》って私を退散させようとした無念さに、こちらは一夜で三十丈《じょう》(約九〇メートル)あまりもの楠《くすのき》となって魔力を見せつけてやったのです。するとまた、あの伝教大師が、

阿耨多羅三藐三菩提《あのくたらさんみゃくさぼだい》の仏たち
わが立つ杣《そま》に冥加《みょうが》あらせ給へ

(無上の知恵と徳を持つ仏様方、どうか私の建立する寺院をお守りください)

などと梵語《ぼんご》を混ぜてうまく歌を詠んだものだから、仏様たちもこの坊主にたぶらかされて、私に比叡山から出て行け、出て行けと責め立てますので、どうしようもなくなり、代々住み慣れた山から立ち退《の》くことになったのです」
「それでは、比叡山からすぐこちらへ来られたのですか」
「いえ、あてもなく、霞《かすみ》にまぎれ、雲に乗って……」
「都から遠い田舎にも行かれたのですか」

「あなたの故郷とおっしゃる筑紫へも行ってみましたよ」

「それでは、東西南北、国中の山に隈《くま》なく行かれたのですね」

「いかにも、雲に乗って、飛び歩きました」

「彦山にも来られましたか」

「伯耆《ほうき》の大山《だいせん》にも行きました」

「加賀《かが》の白山《しらやま》、越中《えっちゅう》の館山《たてやま》、駿河《するが》の富士山へも行かれたのでしょうね」

「上《うわ》の空《そら》なる月に行き
雲の通《かよ》ひ路《じ》帰り来て……

輪廻《りんね》のごとくぐるぐると、果てもなく飛びさ迷いましたが、どうしても都に心惹《ひ》かれて、都に近いこの大江山に籠《こも》っているのです」

「そして、このように忍び忍び暮らしておられるのですか」

「そうです。人から隠れて住まいしておりました。それを今日、あなた方に見つかってしまって、実は神通力《じんつうりき》も失うばかりに狼狽《ろうばい》しているところです」

「いや、ご安心下さい。私どもは誰にも申しませんから」

「本当ですか？　うれしい、うれしいなあ。何卒、お頼みいたしますよ。

一樹《いちじゅ》の陰《かげ》に宿《やど》るも
前世の契り浅からず
同じ流れを汲《く》むも
他生《たしょう》の縁なほ深し

と物語にもあります。前世からのご縁ですね」

「そうです。もとより、我等は慈悲《じひ》を行う者です」

「人を助ける出家のお姿ですものね」

「いかにも出家の身です」

「この私も、比叡山に育った者です」

「本当に、稚児《ちご》のようなお姿ですね」

「稚児ですから、どうぞ、かわいがってくださいよ。神でさえ、『一稚児二山王《いちちごにさんのう》』と言って、山王（日吉神社）より稚児を大事になさったそうです。あなた方は山伏、私は稚児姿ですから、きっとかわいがってくれますね。必ずよそで言わないで下さいよ」

童子は頼光にどうかお願いしますよと拝《おが》み、楽しげに立ち上がって、舞い始めました。

「陸奥《みちのく》の安達《あだち》が原《はら》の塚にこそ
安達が原の塚にこそ
鬼籠《こも》れりと聞きしものを

——奥州安達が原の黒塚には鬼が隠れ住んでいると聞きますが——ここ大江山には、鬼はおりませんよ。

大江山いく野の道の遠ければ
まだふみも見ず天《あま》の橋立《はしだて》

という歌にも歌われたここ大江山は、天橋立にも近く、大山の天狗《てんぐ》も親しい友達なので、山伏ともご縁があります。どうか、仲良くしてやってくださいよ。さあさあ、酒を飲みましょう」

酒呑童子は、頼光たちに酒を注いで回りました。

「どうぞ、召しあがれ。お肴《さかな》は何がよかろう。今、秋の山には、桔梗《ききょう》、刈萱《かるかや》、吾亦紅《われもこう》、などが咲いているけれど、この紫苑《しおん》という花は、鬼《おに》の醜草《しこぐさ》ともいうんですよ。誰がそんな名を付けたのでしょうね……そういえば、丹後《たんご》と丹波の境にある鬼《おに》が城《じょう》も近い。これは頼もしい。頼もしい」

酒宴もたけなわとなり、酒呑童子はだいぶん酔いが回ってきたのか、顔を赤くして上機嫌です。

「顔の赤いのはお酒のせいですよ。赤鬼ではありませんよ。怖がらないで仲良くしてください。きっと、いい友達になれますよ。実は、あなた達を最初見たときは、怖いと思いましたが、こうして慣れてみれば、かわいい山伏さま方ですね」

酒呑童子は、なおも盃を重ねてすっかり酔っ払い、足元もよろよろ、あちらこちらへふらつきながら、恐ろしげな荒海《あらうみ》模様の襖《ふすま》を開けて、鬼の閨《ねや》に閉じこもると、寝床に倒れ込んでそのまま、いびきをかいて寝てしまいました。

四

頼光は強力を呼んで申しつけました。

「おまえは、酒呑童子の閨の鍵をだまし取ってこい」

「畏まりました」

強力は最前の女を呼びました。

「おい、童子の寝ている部屋の鍵、何とか手に入らぬか」

女は秘かに鍵を手に入れ、頼光に渡したのです。

「女、よくやったな。頼光様から、『戦いに女は足手まといだから、一足先に送って行ってやるように』と有り難い仰せがあったぞ」

「なんてうれしい！」

「おまえはお手柄を立てたんだから、都に帰ったら、さぞかしご褒美《ほうび》が出るであろう」

「ご褒美よりなにより、早く都に帰って、夫や子供に会いたいわ」

「あれ、三才のときにさらわれて来たんじゃなかったのかい？　まあ、いいや。だがな、たぶん、お前の旦那さんはもう、新しい器量よしの若い女房をもらって、子供など脇にやって仲良くやっているだろうさ。羨《うらや》ましいことだ」

「え？　何だって！」

「考えてみろよ、生きているのか死んでいるのかもわからぬ古女房なんか、誰が待っているものか」

「悔《くや》しい！　なにより子供をじゃまにされているかと思うと悔しい！」

「まあまあ、お聞きよ。今回俺も、おまえの協力でお役に立てたから、都に帰れば、きっとご褒美がもらえる。おまえのご褒美と足せば二人でなんとか暮らせるぜ。俺の奥さんになってておくれ」

「ばかね。私には子を成した人がいるのに、そんなことできないわ」

「そんな奴に義理立てしても、もうもとには戻れないよ。是非とも一緒になっておくれ」

「わかったわ。あたし、あんたの妻になる」

「もう、都も近くなってきた。走って行こうよ」

「うん、走って行こう」

「千年も万年も添っておくれ」

「あたし、幸せ」

「俺も」

二人は、後になり先になり、都への道をじゃれ合いながら走って行ってしまいました。

五

さて、こちらは夜も更けて、月なき鬼の城です。頼光たちは童子の閨の鍵を開け、鉄《くろがね》の扉を押し開いて中を見ました。すると、昼間は人間の姿と見えていましたが、今は二丈（六メートル）ばかりの大きな鬼の姿に戻って眠り込んでおります。
眠っていてさえ、あたりを威圧する恐ろしい様子です。これは生きて帰れないかもしれません。だが、それが何だ。頼光をはじめとする者たちは、神々に祈願を籠めました。
「南無《なむ》や八幡山王権現《はちまんさんのうごんげん》
われらに力を添へ給へ」

そうして、頼光、保昌、綱、公時、貞光、季武、独武者、一同心を一つにして、まどろみ伏している鬼に、稲妻が光り雷鳴が鳴り轟《とどろ》くように、一斉に剣を刺し貫いたのです。

「ぐわーっ！」

鬼の本性をあらわに酒呑童子は眼を見開いて、絶叫し、のたうち回って起き上がりました。

「情けない！　僧の身に偽りはないと言ったのに。鬼神は道にそれたことをしないのに」

独武者が言いました。

「嘘を言うな！　それならなぜ、帝の治める地に住みながら里人を捕らえ、人の世の妨げとなっているのだ。私のことは噂にきいたことがあるだろう。保昌様の家来の独武者だ。鬼神であっても逃さぬぞ。ましてやこの度は勅命で来たのだから、この国のどこにも鬼の行くところなどないのだ。さあ、方々《かたがた》、鬼神を逃がしてはなりません。責めよ責めよ」

一同は再び切っ先をそろえて酒呑童子に斬りかかりました。

鬼神は怒り狂い、山河草木《さんがそうもく》振動して、その眼はらんらんと光り、見続けることが出来ないほどになりました。しかし、頼光、保昌たちは、鬼であろうと恐れるものか、逃がすなよと、走り寄り組み討《う》ち押し合います。頼光は組み伏せられ、喰い殺そうと鬼の口が迫るのを、抜いた刀で下から二度三度と刺し通し、最後の力を振り絞って、えいやと跳ね返し、ついに、鬼神の怒れる首を打ち落としたのでした。

源頼光一行はこうして、酒呑童子と呼ばれ恐れられた鬼神を退治し、大江山を踏み分けて、都へと帰っていったのでした。

※1　伝教大師《でんぎょうだいし》……平安初期の僧、日本天台宗の開祖・最澄《さいちょう》の諡号《しごう》（死後の贈り名）。
※2　根本中堂《こんぽんちゅうどう》……最澄が創建した比叡山の東塔の建物。
※3　七社《しちしゃ》の霊神《れいじん》……日吉《ひよし》神社付属の社のうち、特に重要な大宮、二宮、聖真子《しょうしんし》、八王子、客人《まろうど》、十禅師《じゅうぜんじ》、三宮の七社。

満次郎のここが面白い『大江山』

　比叡山で伝教大師に行力でやり込められ、二度と出家に刃向わないと誓約させられ、散々の態で大江山に隠れ棲む酒呑童子。しかしその地でも悪事を働く噂は広まり、陰陽師の占で童子の居場所に見当をつけた朝廷は、源頼光に討伐を命じます。五十人の討伐隊を率いる頼光は、皆を山伏の出家姿にさせて近づきますが、途中、酒呑童子の犠牲になった人の血が付いた着物を川で洗濯する捕われの下女に行き会い、まんまと隠れ家に行きつきます。この下女と頼光配下の下人のやりとりが楽しく、下女を助けてやろうとの約束から、夫婦になろうとの契りまで交わす、鬼退治の緊迫した曲の中に、ほのぼのとさせる構成となっています。一方、酒呑童子は手出しのできない出家姿の頼光たちに発見され悲観しますが、「誰にも隠れ家は明かさない」などと偽る頼光の言葉に「嬉しし嬉しし」と感謝するのです。この辺りは純粋な童子が少々哀れに……。

　酒宴のあとに寝静まったところ、武装した討伐隊は遂に酒呑童子を退治しますが、通常の退治された鬼が切戸口から退出するのと違い、頼光の次に幕から退くのは首を掲げて凱旋《がいせん》する様だと伝わっています。

能の型　酌《しゃく》スル型

酒宴を表すために酌をする型があるが、扇を開いて腰のそばに携えることにより酒に満ちた盃を持ったことを表す。そして扇を傾ければ、お酌をしたことになる。

満次郎コラム

鬼について

「鬼」はもと「隠」であり、「オヌ」と読まれたとか。

　鬼は如何《いか》にも日本的で、得体の知れないもので、善悪二道を持ち合わせる、もっと言ってしまえば神とも表裏一体の、不思議な存在であります。「隠」の字には、隠れる、見えなくなる、それも一瞬にして、という意が込められており、例えば、一瞬にして背中に負ぶった赤ん坊が消えてしまうと、それは「隠」であり「鬼」であり「神隠し」とも言われた訳です。

　能には鬼がよく登場します。簡単に申しますと、能は「神・男・女・狂・鬼」の「五番《ごばん》立《だて》」ですから五分の一は鬼または鬼系のお話。いかに鬼が日本人にとって大きな存在かが判《わか》ります。

　また、鬼は「恐れ」であり、「畏《おそ》れ」でもありました。「鬼神」という言葉があることからも伺えます。

　能には男鬼と女鬼があり、男鬼は本来の悪鬼、獰猛《どうもう》で退治されるべき存在とし、女鬼は人間が強い悲しみや恨《うら》みによって鬼と変化してしまった者、としています。

　男鬼は「平和を乱す悪」「人心を騒がす禍《わざわ》い」として存在を否定され、責められ、剣の威力により退治されます。『紅葉狩《もみじがり》』『羅生門《らしょうもん》』『土蜘蛛《つちぐも》(土蜘)』『大江山』などです。能面は「顰《しかみ》」を使用します。

　女鬼は深い悲しみが恨みに転じ、鬼と化して人に憑《つ》き祟《たた》り、或《ある》いは厄《わざわ》いを引き起こします。僧や修験者に祈られて鎮《しず》められます。『葵上《あおいのうえ》』『黒塚(安達原《あだちがはら》)』『道成寺《どうじょうじ》』など。能面は鬼に化したことを表す「角」を持つ「般若」などを用います。

　興味深いのは、鬼女は退治せずに鎮魂するという所であり、心の成仏を目指している優しさの様なものを感じます。確かに口は耳まで裂《さ》けて眼も歯も金色の形相、しかもまず原因は「男」ですから恐ろしいばかりですが、哀しさも感じさせるのです。男共への戒《いまし》め、でありましょうか。

　男鬼とて、悪鬼ゆえに退治されて只々目出度《めでた》し、だけでは無い、能の持つ風刺《ふうし》の力、芸術の持つ表現力、それを許す当時の体制の大らかさを感じる事が出来ます。

　男鬼の目的は世の中を乱す為に将軍などのトップを狙い、悪鬼の棲《す》みやすい環境を造る事ですが、実は世にまつろわぬ者の象徴でもあるのです。朝廷などの権力に対抗する民を「鬼」として征伐《せいばつ》した事への風刺と考えることが出来るからです。ただし、能の台詞にはどこにもハッキリと書かれてはいません。でも、よくよく読み下せばサインが見えてくる様な……。

「鬼」に限らず、能には種々のサインがあると思っています。それを見つけるのも一つの楽しみ方でしょう。

　平安期より江戸期に至るまで、支配階級や権力者は庶民と共に能を観て、愛好もしました。このサインにも気付いた筈《はず》。芸術文化の特権を認めてくれる大らかさがあったのだと感じています。

自然居士

［じねんこじ］

四番目・居士物

❖作者／観阿弥　❖素材／不明（当時の巷説か）
❖登場人物／シテ…自然居士（面喝食）　ワキ…人商人　子方…少女　ワキツレ…人商人の同輩
　アイ…雲居寺門前の男
❖場所／前場…京都、東山雲居寺　後場…近江国、大津湖畔
❖時／不明

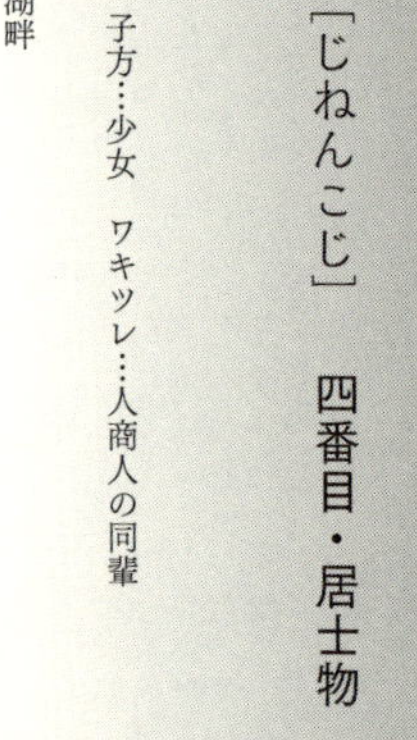

そそる台詞

蓑代衣《みのしろごろも》恨めしき
憂《う》き世《よ》の中を疾《と》く出でて
先考先妣《せんこうせんび》諸共《もろとも》に
同じ台《うてな》に生れん

今日の説法《せっぽう》はこれまでなり
願以此功徳普及於一切《がんにしくどくふぎゅうおいっさい》
我等与衆生皆共成《がとうよしゅじょうかいぐじょう》
仏道修行《ぶつどうしゅぎょう》のためなれば
身を捨て人を助くべし

アイ：雲居寺の門前の者
自然居士《じねんこじ》の説法が始まるよ
わいわい
シテ：自然居士
面：喝食《かっしき》
自然居士は人気者だ
子方
少女が小袖と文をお供えした
亡き父母の供養ですね
少女は人商人《ひとあきんど》に連れ去られる
ワキ：人商人
さては身売りしてこの小袖を買ったのか
小袖と引き替えに少女を取り戻そう
今日の説法はここまで
え!?
身を捨て人を助くべし
大津松本の船着き場
少女を乗せた舟は出たばかり
その舟待った
小袖は返す
不憫な…
舟を下りろ少女は渡さんぞ
死んでも下りません
うわさの自然居士の芸を見たいな
芸をするなら返してやろう
シテの芸尽し
烏帽子をかぶりおもしろく舞う
羯鼓《かっこ》
少女を無事助けることができた

自然居士　ものがたり

一

　ここは、京都の東山《ひがしやま》にある名刹《めいさつ》・雲居寺《うんごじ》[※1]の門前です。大勢の村人が自然居士《じねんこじ》[※2]という説教者《せっきょうじゃ》[※3]を目当てに集まり、大変な賑《にぎ》わいです。

　自然居士は長い髪を後ろに束ね、前髪が額《ひたい》にかかる、白い頬《ほお》にえくぼの出来るのがかわいらしい美青年で、時には歌や踊りや様々な楽器の演奏などをおりまぜて大層面白く説法《せっぽう》をしました。特に今日は雲居寺造営のための七日間にわたる説法の最終日とあって、人々が押しかけております。

「みなさん、よくお集まり下さいました。どうぞ雲居寺造営のための寄進《きしん》のお札《ふだ》を買ってください。月の出を待つ間のお慰《なぐさ》みに、説法を一座、述べましょう」

　自然居士は高座に上り、発願文《ほつがんもん》[※4]を読む合図の鉦《かね》を打ち鳴らしました。

「謹《つつし》み敬《うやま》って白《もう》す
一代教主釈迦牟尼《いちだいきょうしゅしゃかむに》宝号《ほうごう》
三世《さんぜ》の諸仏《しょぶつ》
十方《じっぽう》の薩埵《さった》に申して白《もう》さく
総神分《そうじんぶん》に般若心経《はんにゃしんぎょう》」

するとそこへ一人の少女が、小袖《こそで》と文をささげて進み出ました。

「おお、これはかわいらしい。幼いお人が、御供養《ごくよう》のお供《そな》えを上げられますよ。こちらへ預かりましょう」

門前の男は小袖と文を受け取り、自然居士に渡しました。

「これはこれは、亡き人のご供養に諷誦文《ふじゅもん》※5を上げられるのですか……」

自然居士は文を開いて読み上げました。

「謹《つつし》んで申し上げます。どうぞ、諷誦をお願いします。亡き父母《ちちはは》の精霊がすみやかに成仏《じょうぶつ》いたしますように。ここに蓑代衣《みのしろごろも》を一枚、お供え申し上げます……天竺《てんじく》の古い物語に、貧しい女がただ一枚しかない着物を僧に供養して、自身の来世のために善行を積んだ話がありますが、この貧しい少女は、自分のためではなく、亡き父母の供養のためにこの着物を捧《ささ》げているのですね。続きを読みましょう……蓑代衣恨《うら》めしきこの憂《う》き世を早く逃れ、亡き父母と極楽浄土《ごくらくじょうど》の同じ蓮《はす》の台《うてな》に生まれますように」

自然居士の頬を、一筋の涙がつたいました。聴衆も、涙を流さぬ者はおりませんでした。

二

そこに、荒々しく踏み込んで来た男たちがありました。

「我等は東国《とうごく》から来た人商人《ひとあきんど》だが、都で大勢人を買い取った中にいた小娘が、昨日ちょっとだけ時間をくれと言うから出してやったら、帰って来やしない。親の追善だとか申していたから、説法の場にいるに違いないと思いやって来た」

「おっ、思った通りだ。ここにいたぞ」

「よし連れて行け」

男たちは、さっき捧げものをした少女に手をかけ、引っ立てました。

「さっさと立て。この小娘め、逃げようとしおったな」

門前の男は叫びました。

「ちょっと待った！　連れて行かせないぞ」

「連れて行く訳があってな」

「訳があっても行かせないぞ」

人商人たちは刀に手を掛けて、睨《にら》みをきかせました。

「だから訳があると言っているのだ」

「そうですか、訳があるのならどうぞ連れて行きなさい」

門前の男は恐ろしさに少女を渡してしまい、自然居士のところに飛んでいきました。

「居士様、居士様!」

「何事です」

「はい、さきほどの少女を、乱暴な男どもが押し掛けてきて連れて行こうとしましたので、止めたのですが、正当な理由があると言うので行かせてしまいました」

「それは面白くないですね。あの少女には何か事情がありそうでした。文にも小袖と書かず、蓑代衣《みのしろごろも》とわざわざ書くのはおかしいと思っていました。自分を身《み》の代《しろ》に小袖を買って、それを両親の供養に捧げたのですね……ということは、その男たちは、人商人でしょう。であれば、買ってくださいと言われて買ったものを連れて行くのは道理。引き留めるのは無理ということになります。あなたが止めようとしたところで、うまくはいきますまい」

「人商人は船で東国へ下っていくのを知っています。大津・松本の船着き場へ先回りして、引き留めましょう」

立ち上がろうとする門前の男を制して、自然居士は言いました。

「お待ちなさい。あなたが行っても喧嘩《けんか》になるだけです。私が行ってこの小袖を返し、引き替えにあの少女を連れて帰りましょう」

「いや、ちょっとお待ちください。今日は七日の法要の結願《けちがん》の日。ここで説法をおやめになると、今日までの法要が無になってしまいます」

「それがなんです。説法は、百日千日聞いてもそれだけではなんにもなりません。そもそも説法は、何が善で何が悪か、見極められるようになるためのものなのです。あの少女は善人、人商人は悪人です。善悪のこれほどはっきりしたことはない」

自然居士は決心しました。

「皆の衆、今日の説法はここまでです。私は、あの少女を助けに行って参ります。

願以此功徳普及於一切《がんにしくどくふぎゅうおいっさい》
我等与衆生皆共成《がとうよしゅじょうかいぐじょう》

——願わくば、この功徳を以て普《あまね》く一切に及ぼし、我等と衆生と皆共に仏道を成せん」

自然居士は合掌《がっしょう》して、説法の最後に唱《とな》える経文を唱えると、すっくと立ち上がりました。

「我が身を捨てても、きっとあの子を救わねばならない。それが仏道修行の道です」

自然居士はあっという間に群衆の前から駆《か》け去って行きました。

三

一方、人商人たちは、大津・松本の船着き場につないでおいた小舟に少女を引きずり込むと、沖へとこぎ出しました。

「思わず手間取った。先を急ごう」

そこへ、自然居士が駆けつけました。

「その舟、お待ちなさい」

「渡し舟でもないのに待てと言われますか」

「いえいえ、私は旅人ではないから、渡し舟とは言っていません」

「では、なんの舟だと思ったのですか」

「ひとかい舟だと思ったんですよ。そこのひとかい舟、待ってくださーい」

「しいっ！　声が高い」

「人聞きが悪いですよね。ひとかい舟だなんて。私は、舟を漕《こ》ぐ櫂《かい》のことを言ったんですけどね。一櫂《ひとかい》、二櫂《ふたかい》、ひとかい、ふたかい」

「ああ、また、人買《ひとか》いと言った……いったい何の用です」

「私は、自然居士という説教者です。あなた方に説法の場を荒らされた恨みを申しに来ました」

「説教というのは、道理を説《と》くものでしょう？　こっちも、買ったものを持って行くんだから道理であろう。間違っておりますかな？」

「ごもっともです。間違っておりません。とにかく、この小袖はお返ししよう」

自然居士は小袖を舟に投げ入れると、舟と離れてしまってはいけないと、袴《はかま》の裾《すそ》が濡れるのも構わず、ずんずんと水に入っていって舟端《ふなばた》に取りつき、引き留めました。

人商人はかっとして、自然居士を櫂で打ちのめそうとしましたが、さすがに、法衣を着た者を叩くのははばかられて、腹立ちまぎれに少女を櫓《ろ》や櫂で滅多《めった》打ちにしました。

少女は声も立てません。

「やめろ、何をする！　お嬢さん、返事をしてください。死んでしまったのか！」

自然居士は舟に乗り込むと、少女を抱き起こしました。見ると声が出ないはず、縄で縛《しば》られ、口に綿がかませてありました。少女は声を立てられないまま泣きじゃくっていたのです。

「なんと不憫《ふびん》な！　連れて帰ってあげるから安心しなさい」

少女の戒《いまし》めを解く居士に、人商人が言いました。

「自然居士、舟を下りていただけませんかね」

「この少女をこちらへください。小袖を受け取られたからには、この子は返していただきましょう」

「返してあげたいのはやまやまながら、ひとつ困ったことがありましてね。われらの仲間には重い掟《おきて》があって、いったん人を買ったら再び返せない決まりになっております」

「なるほど、よくわかります。実は、私ども説教者にも厳重な掟があるのです。この少女のように自分で自分を大切にしないような者に出会った場合、その者を救うことが出来ない時は、二度と再び庵室《あんしつ》※6に帰らないという決まりになっているのです。

私は、あなた方の決まりを破ろうとは思いません。かと言って、私の方の決まりも破る訳には参りません。そうだ、いいことを思いついた！　私はこのまま、この少女と一緒に奥州まで行けばいいのですよ。ですから、舟から下りるつもりはありません」

「なんだと！　舟から下りないと、痛い目にあわせるぞ」

「痛い目とは？」

「命を頂くぞ」

「もとより身を捨てての仏道修行。欲しいなら私の命を取りなさい」

「なんと、死んでも下りないだと。やれやれ、この自然居士という奴は扱いにくい。お手上げだ」

人商人はほとほと困って、仲間と相談しました。

「これは返さないわけにはいきますまい。よくよく考えるに、奥州《おうしゅう》から人商人が都へ人を買いに行って、買いそびれて自然居士という説教者を買って帰りましたとさ……などと言われたら、笑われるだけではすまない。大事《おおごと》になるから、やはり返すしかなかろう」

「私もそう思う。さりながら、ただ返すのは腹の虫が納まらん……そうだ！　あの自然居士を散々いたぶって、芸をさせてやろうじゃないか」

「なるほど、それはいい」

人商人は自然居士に向かって言いました。

「もしもし、自然居士、さっさと舟からお上がりください」

「おや、どうしたんです。お顔の色が、急に晴れ晴れとして」

「何をおっしゃいます。ちっとも晴れ晴れとなんかしてやしない。ただ、ここにいるこの者が、今度初めて都に上ったんですが、自然居士のうわさを知っていて、あれだ、是非一さし舞うてくれと申しております」

「え？　舞ですって？　私は、舞なんか舞ったこともありませんよ」

「それは嘘《うそ》だ。以前、先ほどのように説法をした時に、聞いている者の目を覚まそうと言うて、高座で舞うたうわさは奥州まで聞こえておりますぞ。是非、一さし舞うてやってくだされ」

「ああ、それは、歌や舞などの戯言《ざれごと》もかえって仏の道へのきっかけにもなるといいますから、舞ったこともあったかもしれませんね。それでは、舞を舞ったらあの子を返してくれるんですか」

「さあ、それはまず舞を観ての様子で決めましょう。ここに烏帽子《えぼし》があるから、これを被《かぶ》ってお舞いなされ」

自然居士は渡された烏帽子を被りながら言いました。

「ははあ、よくよく考えてみますと、あなた方は、私をいろいろと慰み者にして恥をかかせようとしているんでしょう。そりゃああんまりつれなかろうよ」

「なんの、つれないものか」

「志賀辛崎《しがからさき》の一《ひと》つ松《まつ》
つれなき人の心かな……」

自然居士はいい声で歌い、面白く舞いました。

「あまりに舞が短うて見足りませぬなあ」

「それでは……こうして舟に乗せてもらっていることですし、ひとつ舟の起源をお教えしましょう。

昔々、中国の黄帝《こうてい》の御代（紀元前二五〇〇年頃）のこと。蚩尤《しゆう》という名の反逆者がおりました。黄帝はこれを滅ぼそうといたしましたが、海に隔《へだ》てられてどうしようもありません。

黄帝の臣下に貨狄《かてき》という者がおりました。ある秋の日、貨狄が庭の池を眺めておりますと、一枚の柳の葉が風に吹き散らされ水面に浮かびました。するとまた、どこからともなく、蜘蛛《くも》が一匹、池に落ちて参りましたが、偶然その柳の葉の上に乗って、頼りないながら、水面を吹く風が柳の葉を岸に吹き寄せ、蜘蛛は岸辺に降り立つことができたのです。その一部始終を見ていた貨狄は、なるほど！　と膝を打ちました。そうして作ったのが舟なのです。

黄帝は舟に乗って海を渡り、易々《やすやす》と蚩尤という反逆者を滅ぼし、その御代は一万八千年続いたということです。それで舟を一葉二葉《いちようによう》と数えるのです。これが舟の縁起《えんぎ》です」

「これはめでたい。我らが舟を寿《ことほ》いで頂き、ありがとうございます。ついでに、ささら[※7]を摺《す》って舞ってくだされ」

「よろしい。では、ささらの竹をください」

「残念ながら舟の中に竹がありませぬ」

「そうですか、それなら、ささらの起源を語って聞かせましょう。仏が難行苦行されたのも、一切の衆生《しゅじょう》を助けるためです。私も同じ心で、たとえこの身を砕《くだ》いても構わない。あの少女を助けるためだ」

少女を見やり、自然居士は扇と数珠《じゅず》をささら代わりにして歌い、舞い始めました。

「そもそもささらの起源といえば、東山に住むある僧が、扇の上に落ちた葉を手にしていた数珠《じゅず》でさらりさらりと払ったところ、大変良い音がしたのが始まり。私もそれにならい、ここに持っている数珠と扇を摺りあわせ、

ささ波や、ささ波や、志賀辛崎《しがからさき》の
松の上葉《うわば》を、さらりさらりと……

ささらを摺りあわせ、手を合わせ、この通りお頼みいたす。どうか、この少女をお助けください」

「ことのついでに、鞨鼓《かっこ》※8を打って舞って見せてくだされ」

「散々なぶられたのですから、もう良いでしょう」

「これで最後だ。舞ったらその子を好きに連れて行きなされ」

「もとより舟に鞨鼓はないけれど、波の音がどうと打ち、空の雷がとどろとどろと鳴り始め、降り来る雨はぱらぱらと小笹に音立て、ささらを摺る音のよう」

自然居士はとうとう鞨鼓を打ち、ささらを摺るまねをして見事な舞を舞いながら、ついに、その少女を悟《さと》りの彼岸《ひがん》ならぬ琵琶湖の岸辺に戻すことが出来たのです。

岸に寄せられた舟から降り立った自然居士と少女は、連れ立って、都へと上って行ったのでした。

※1　雲居寺《うんごじ》……京都市東山区にあった寺。承和四年（八三七）菅原道真《すがわらのみちざね》が桓武《かんむ》天皇の菩提《ぼだい》を弔《とむら》うために建立。
※2　自然居士《じねんこじ》……鎌倉後期に実在した禅宗系の説教者。和泉国（大阪府）の出身。居士とは、出家せず仏道修行する男子の呼称。
※3　説教者《せっきょうじゃ》……半俗半僧の姿で、仏の教えをわかりやすく面白く説く者。歌や踊り、楽器の演奏をまじえ、話芸に優れ、芸能者として人気を得ていた。
※4　発願文《ほつがんもん》……仏に対する願い事を書いた文。
※5　諷誦文《ふじゅもん》……死者の供養に、経を声に出して読んだり暗唱したりするよう僧侶などに頼む文書。施物《せもつ》が記

入されている。
※6 庵室《あんしつ》……僧など世を捨てた人が住む粗末な住まい。
※7 ささら……中世の田楽や説教節の楽器。先を細かく割った竹の棒を刻み目を付けた細い棒ですって音をだす。
※8 鞨鼓《かっこ》……両面皮の鼓を両手の棒状のばちで打つ楽器。元は雅楽の大きい鞨鼓であったが中世、小ぶりの鞨鼓を腰や胸に付けて舞う芸能が流行した。

満次郎のここが面白い『自然居士』

東山雲居寺《うんごじ》の自然居士は半僧半俗で、芸により仏道を広める人ですが、その正義感は頗《すこぶ》る高く、我が身を売って両親の追善供養を為した少女の身を救うべく、人商人の後を追います。まさに水際で追いついた居士は、船に便乗して少女を返し受けるまでは殺されても動かずと言い放ちます。呆れた人買い達は仕方なく、せめてもの腹いせに、居士に芸の数を尽くさせて慰《なぐさ》み者にしょうという事になります。

舞を舞い、ササラをすり、船の由緒を語り、鞨鼓《かっこ》を打ち、やっと少女の身柄を確保した居士は喜び都へともに帰るのでしたが、その後、彼女も寺に従事したのでしょうか。『花月《かげつ》』のシテ・花月や『東岸居士《とうがんこじ》』のシテ・東岸居士も自然居士の弟子と言われており、どうやら自然居士は実在の人物らしいです。世阿弥以前の古くからある曲ですが、隅田川同様、この曲も舟の作り物は出さず、舞台空間をうまく利用して東山から大津の水辺まで表現しています。

俊寛（鬼界島）

［しゅんかん］（きかいがしま）

四番目・人情物

❖作者／不明（世阿弥か）　❖素材／『平家物語』巻二、三など

❖登場人物／シテ…俊寛僧都（面俊寛）　ワキ…赦免使　ツレ…平康頼、丹波少将成経

アイ…船頭

❖場所／九州、鬼界島　❖時／秋・治承二年（一一七八）

そそる台詞

後《のち》の世を、待たで鬼界《きかい》が島守《しまもり》と
なる身の果ての暗きより
暗き道にぞ入《い》りにける

待てよ待てよと言ふ声も
姿も、次第に遠ざかる沖《おき》つ波の
かすかなる声絶えて
舟影《ふなかげ》も人影も
消えて見えずなりにけり
跡《あと》消えて見えずなりにけり

鹿が谷の陰謀
後白河法皇
俊寛
打倒平氏
藤原成親
陰謀は発覚
関係者は処罰される
鬼界島に流された三人
シテ：俊寛
（実は35歳）
面：俊寛
花帽子
桂水衣
腰蓑
ツレ：藤原成経
（成親の嫡子、清盛の弟・教盛の娘と結婚）
ツレ：平康頼
（後白河法皇の側近）
清盛の娘、中宮徳子の安産祈願のため大赦が行われる
都より赦免状を持ってきました
ワキ：赦免使
赦免状に俊寛の名前だけない
さては筆者の誤りか
裏返して見てもない
俊寛を置いて行く舟
せめて薩摩まで乗せてください
とも綱を押し切って
ワキ
ぼとっ
舟影も人影も消えて見えなくなりにけり

一

あと十年あまりで平安の時代が終わろうとしていた頃のお話です。

平氏の擁立《ようりつ》する高倉《たかくら》天皇と、院政の継続を望む後白河《ごしらかわ》法皇との間には対立の兆《きざ》しがありました。後白河法皇の側近である俊寛《しゅんかん》は、三十五才の若さで院政の中枢であった京の法勝寺《ほっしょうじ》の執行《しゅぎょう》（僧職の長）を務めておりました。

安元《あんげん》三年（一一七七年）、鹿《しし》ヶ谷《がたに》の山荘に後白河法皇が御幸《ごこう》された時、その近臣である藤原成親《ふじわらのなりちか》や西光《さいこう》、俊寛らが秘かに集まり、平氏打倒の密議が行われました。世に言う、『鹿ヶ谷の陰謀《いんぼう》』です。

しかし、その陰謀は密告により露見し、実行に到りませんでした。平清盛《たいらのきよもり》は直ちに西光や成親を捕えさせ殺害。俊寛は同じく後白河法皇の側近である平康頼《たいらのやすより》と、成親の嫡子・藤原成《ふじわらのなり》経《つね》とともに薩摩《さつま》の沖、鬼界島《きかいがしま》に流罪《るざい》の身となったのです。

翌年治承《じしょう》二年（一一七八年）、平清盛は、娘である高倉天皇の中宮《ちゅうぐう》・徳子《とくこ》の安産祈願のため大赦《たいしゃ》を行い、諸国の流罪人に特別のお許しを出されました。

鬼界島の流人にも特赦《とくしゃ》が出され、清盛の従臣がその赦免状《しゃめんじょう》を携《たずさ》えて、舟を用意し、南海の孤島・鬼界島に、はるばるやってまいりました。

二

成経、康頼の二人は、都にいた頃、熊野《くまの》参詣三十三度の願をかけていましたが、その半ばも達成出来ぬうちに、この鬼界島へ配流《はいる》の身となりました。あまりに心残りなので、せめてこの島に、熊野から都までの九十九カ所の末社になぞらえた社《やしろ》を作り、次々と巡礼しておりました。神事《しんじ》に着る浄衣《じょうえ》もありませんので、一重《ひとえ》の麻の白い衣を着て、砂を散米《さんまい》の代わりとし、浜木綿《はまゆう》の白い花を御幣《ごへい》に見立てて禊《みそ》ぎをし、神前に歩みを運ぶのです。今日も、その巡礼から連れ立って戻って来るところです。

俊寛は一人、山路を歩きながら心に思いました。

（鬼界島の島守《しまもり》になったこの身は、死後の世を待つまでもなく地獄の鬼になったようなものだ。

暗きより
暗き道にぞ
入りぬべき
はるかに照らせ
山の端《は》の月

和泉式部《いずみしきぶ》の歌のように、我が身は、暗いところから、さらに暗いところへと落ちていくのだ。夜を照らす月も、昼に輝く太陽もない暗黒の地。秋の蝉《せみ》が木にしがみついたまま鳴きつくして死んでいる。それは、この私だ)

三

参詣から連れ立って戻ってきた二人は、向こうから俊寛が水桶《みずおけ》を下げて歩いて来るのに気づいて、声を掛けました。

「そこにおいでになるのは、俊寛様ではございませんか？　ここまで、何のために出てこられたのですか？」

「これは、さっそく見つかってしまいましたね。なに、お詣りから帰る二人に酒を振る舞おうと迎えに参ったのです」

「酒がこの島にあるはずはないが……」

二人は近づいて、桶をのぞき込みました。

「なんだ、これは、ただの水だ」

俊寛は、二人を見て言いました。

「その通りですが、もともと、酒は『薬の水』と言うではありませんか。どうして、この水が酒でないと言えますか」

「なるほど、そのとおりですね。丁度今日は九月九日、菊の節句。菊水《きくすい》を飲んで、長寿を祈りましょう」

成経と康頼は腰を下ろしました。俊寛は二人の前にわざと恭《うやうや》しく跪《ひざまず》いて、酒ならぬ水を注ぎました。

「まあ、一杯」

「頂きましょう」

「濡れて干す
山路《やまじ》の菊の露《つゆ》の間《ま》に
いつか千年《ちとせ》を
われは経《へ》にけむ

(菊をかき分けて辿りついた仙人の住む場所では、山路の菊の露に濡れた衣服が乾くのは露の間ほどのわずかな時間に思われたのに、いつの間にか人間界での千年を過ごしてしまった)

そんな古い歌があるが、この島での暮らしはいつまで続くことやら。もう千年も経った気がする。春が過ぎ、夏が盛りになり、秋が深まり、冬が来るのを知らせてくれるのは草木の色の移り変わりばかり。ああ、昔が恋しい。思い出は何につけても、恋しいものだ」

俊寛は嘆《なげ》き続けます。

「私が都にあった頃は、法勝寺の執行として、春の花のような栄華を極めていた。今はうって変わって、木の葉の色の変わる秋のように、うらぶれ果てたこの有様。

落ち葉を盃《さかずき》にして、酒のつもりで谷川の水を飲んでいる私の涙も、谷川のように流れている。その川の流れの源《みなもと》は、私の心。

このように物思いに心が乱れるのは、もう私もおしまいだということなのだろう」

俊寛はその場に座りこみ、悲しみに沈みました。そこに、浜の方から、聞き慣れぬ声が、何か大声で呼んでいるのが聞こえてきました。

四

「申し、都から流されてきた人はおられますか？　都より赦免状を持って参りましたぞ！」

「ありがたい。ありがたい！」

俊寛はさっそく使者の前に進み出て赦免状を受け取ると、康頼に手渡しました。

「では、康頼殿、あなたがご覧なさい」

「わかりました。なになに、中宮のご安産の祈りのために大赦を行う。鬼界島に流された丹波《たんば》の少将成経、平判官入道《へいはんがんにゅうどう》康頼の二人を赦免する……と、書いてございます」

俊寛は康頼を睨《にら》み付けて言いました。

「どうして俊寛の名を読み落としなさるのです」

「お名があれば、どうして読まないわけがございましょう。ないのです。俊寛様の名が。ほら、ご自分で赦免状をご覧ください」

俊寛は赦免状をつかみ取ると、目をこらして文面を読みましたが、俊寛の文字はありませんでした。

「さては、文書を書いた者が書き漏《も》らしたのか」

俊寛が使者に問いただすと使者は言いました。

「いえ、俊寛殿、私が都で仰せつかったのも、成経、康頼のお二人をお供して参れ、俊寛お一人をこの島にお残し申せということでございました」

「そんなはずはない。同じ罪で同じ場所に流されているのだ。どうして、この私一人だけが、大赦の救いの網から漏れて、こんな孤島に沈み果ててしまわねばならないのだ！

これまで三人一緒にいてさえも恐ろしく凄《すさ》まじかった、この波の荒れ狂う島にただ一人残されて、海人《あま》の捨てた海草が波の藻屑《もくず》となって漂《ただよ》うように、頼るところもなく生きていけるはずがあろうか。惨《みじ》めすぎる。泣く甲斐《かい》が無くても、渚《なぎさ》の千鳥のようにただただ泣くよりほかはない」

俊寛は、嗚咽《おえつ》がこみ上げてきました。

「時に感じては、花にも涙をそそぎ
別れを恨《うら》みては、鳥にも心を驚かす

……そう杜甫《とほ》の詩にもある。ああ、この島は鬼界島というだけあって、その名の通り鬼の住む地獄なのだ。だが、どんな鬼でも、この私を哀れに思ってくれるであろう。この島の鳥も獣も私に同情してあんなに鳴いているのだ」

俊寛は思いあまって、先ほど読んだ赦免状の巻物を、また引き開いて、繰り返し繰り返し見れども見れども、ただ成経、康頼の名ばかりで、自分の名はなく、それでは、手紙を包んだ紙に書いてあるのではないかと、巻き返して確かめましたが、やはりどこにも俊寛の文字はないのでした。

「これは夢だ。悪い夢を見ているのだ。夢なら覚めてくれ。早く、早く覚めてくれ」

俊寛は書状をうち捨てて、崩れ落ちて泣き伏しました。俊寛の正気を失った様子は見るのも痛々しいものでしたが、

「時が経《た》っては差し障《さわ》りがある。成経、康頼二人は、早く舟にお乗りなされよ」

と使者が促すので、二人は、いつまでもそうしている訳にもいかず、舟に乗りこみました。

俊寛は舟に走り寄り、自分も乗せてもらおうと、康頼の袂《たもと》に取りすがりました。すると、使者は荒々しく言い放ちました。

「俊寛僧都《しゅんかんそうず》は、乗ってはならん！」

「そんな、そんなことを言わず、表向きはそうでも、そこはそれ、せめて、せめて薩摩《さつま》まで

でもいい。どうぞ乗せて行ってくだされませい」

しがみつく俊寛を、情けも何も知らない船頭たちが、舟の櫂《かい》を振り上げて打とうとしますと、さすがに命が惜しいので、俊寛はとび退《すさ》り、今度は舟を繋《つな》いでいる綱に取り付き引き止めるのを、船頭はえいとばかり綱を切り離して舟を海の深い方へと押し出しました。

俊寛はなすすべなく舟を追って海に入り波に揺られながら、ただ手を合わせて、

「どうぞ、どうぞ、舟よ待て、舟よ待て」

と拝《おが》んでおりましたが、舟は止まってはくれず沖に遠ざかってしまいます。俊寛はもとの波打ち際《ぎわ》に引き返して、浜辺に突っ伏すと、声を限りに泣きじゃくりました。

舟の上で、成経と康頼は次第に遠くになっていく俊寛を凝視しておりましたが、

「なんと、おいたわしい」

「都に帰って、取りなそう」

「そうだ。おーい俊寛殿やーい！　都にもどって、必ず、取りなすほどにー」

「待っていてくだされーっ」

二人は声を限りに呼びかけました。その遠くかすかな声をなんとか聞こうと、俊寛は嗚咽を飲み込み、松の木の陰で耳をそばだてました。

「我等の声が聞こえますかー？」

「我等がおとりなし申したなら、必ず都に帰れましょうぞーっ」

俊寛はよろけながら立ち上がると、遠ざかっていく舟を見つめました。

「本当に戻れようか」

「戻れますともーっ」

「頼むぞ、頼みにしているぞ」

「頼もしく思って待っていて下さいーっ」

その声も姿も、次第に沖へ遠ざかり、やがて舟影も人影も見えなくなり、跡も形もなく消えてしまったのでございます。

満次郎のここが面白い『俊寛』

「神をいおう（祝う・硫黄《いおう》）が島なれや」と謡う、藤原成経と平康頼。『俊寛』の鬼界島とは、鹿児島の三島、つまり黒島、竹島、硫黄島、その硫黄島とされています。沖縄のはるか南の硫黄島ではありません。

　さりとて、薩摩半島からも相当に離れ、流される中に硫黄噴煙の立ち上る島が近づいて見えた時、都で華やかに暮らしていた俊寛達は、いかばかり落胆した事でしょうか。

　寂しくとも慰《なぐさ》め合い、汲《く》み水を酒と戯《たわむ》れ、しみじみと昔を偲《しの》びつつ鬼界島の日々を暮らす三人の哀れさと、情感溢れる地謡が前半の魅せ場です。そして届いた赦免状により、一気に緊迫した展開、己の名が無い赦免状の隅から隅まで読み、狼狽《ろうばい》する俊寛。「よその嘆き」と振り捨てて船に乗り込む成経・康頼。康頼の袂《たもと》に縋《すが》り付く俊寛。終いには、ともづな（舟を繋いでいる綱）に取り付き引き止めますが、船人にともづなを切られてシリモチをつく場面は、実際にともづなが切り離されるので能にしては大変リアルな場面となります。

　種々劇的な展開の中に、いかに能らしく演ずるかが問われる大曲であり、観る方にも役者にとっても醍醐味の大きい曲です。舟影も見えなくなるまで岸辺に独り佇む俊寛。終曲した後に幕へ退くまでも能は続きます。

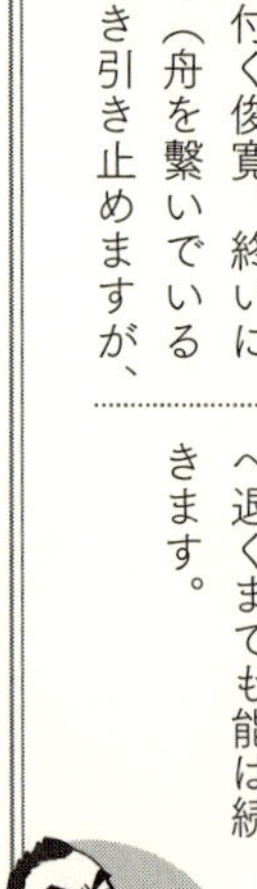

能の型

両手《もろて》シオリ

涙を流す所作のことを袖を濡らすという意味で「シオリ」と言い、能の特徴的な型として代表的なものであるが、「両手」で泣く事により絶望的な悲しみを表す。

道成寺

［どうじょうじ］

四番目・執心鬼女物

❖作者／不明（観世小次郎信光か）　❖素材／『今昔物語』巻十四など

❖登場人物／前シテ…白拍子（面泣増または白曲見）　後シテ…鬼女（面真蛇または般若）

ワキ…道成寺の住職　ワキツレ…従僧二人　アイ…能力二人

❖場所／紀伊国、道成寺　❖時／春

そそる台詞

思へばこの鐘《かね》、恨《うら》めしやとて
龍頭《りゅうず》に手をかけ
飛ぶとぞ見えし
引《ひ》き被《かず》きてぞ
失せにける

鐘に向って吐く息は
猛火《みょうか》となってその身を焼く
日高《ひだか》の川波《かわなみ》
深淵《しんえん》に飛んでぞ入りにける

道成寺の鐘供養
えいやあ
えいやあ
鐘が吊るされる
金具
（道成寺のためにつけられている）
80kgくらい
鐘後見
前シテ：白拍子
面：泣増《なきぞう》または白曲見《しろしゃくみ》
鐘を拝ませてください
女人禁制だけど…踊ってくれたら拝んでいいよ
アイ：能力《のうりき》
乱拍子で舞う白拍子のステップと小鼓のかけあいが見どころ
前折烏帽子
急に激しく舞い始める
思へばこの鐘恨めしや
鐘入り
鐘後見は絶妙のタイミングで鐘を落とさなければならない
白拍子が飛ぶのと同時に鐘が落ちる
落ちてござる
女人禁制だと言ったのに…
ワキ：住職
住職が蛇の伝説を話す
昔、女に追われた山伏が鐘の中に隠れた
どうして連れて行ってくれないの？
女は蛇体になって鐘に巻き付き山伏を焼き殺したのだ
鐘が上がると蛇体が現れる
後シテ：蛇体の怨霊
面：真蛇
皆で祈りましょう
蛇体の吐く息は炎となって我が身を焼き焦がす
川へ飛び込んでどこかへ行ってしまった

道成寺　ものがたり

一

ここは紀州《きしゅう》（和歌山県）日高《ひだか》にある天台宗《てんだいしゅう》の古刹《こさつ》・道成寺《どうじょうじ》です。この寺はある事情で、久しく撞《つ》き鐘《がね》がないままになっておりました。住職はこの度、鐘《かね》を新しく鋳《い》させ、吉日《きちじつ》を選んで鐘楼《しょうろう》に吊《つ》るし、鐘の撞き始めの法要を執り行うことにいたしました。

今日がその法要の当日。住職は能力《のうりき》（寺男）を呼び出してたずねました。

「鐘はもう鐘楼に上げ終えましたか？」

「はい、見事、鐘を吊り上げ申しました。ご覧になってください」

「これから鐘供養《かねくよう》をしようと思いますが、ある訳があって、供養の場に、女人《にょにん》が入ることは固く禁じます。決して一人も入れてはなりません。心してください」

「畏《かしこ》まりました」

能力たちは住職に言われたとおり、鐘の供養の場は女人禁制《にょにんきんせい》であると告げて回りました。

「皆々様、お聞き下さい。紀州道成寺《きしゅうどうじょうじ》にて、鐘の供養がございますので、お志のあるお方はご参詣ください。ただ、どのようなお考えからかわかりませんが、その鐘供養の場には、女人の立ち入ることは厳禁との仰せですので、皆々様、そのところはご了承頂き、お心得ください」

二

あたりはそろそろ、日が暮れて参りました。そこへ一人の白拍子《しらびょうし》（男装で舞い歌う遊女）がやってきました。

（今まで作った罪の数々……その罪も必ず消えるであろう……鐘のお供養を見に行こう）

白拍子はそう心に思い、門前の能力にたずねました。

「もうし、鐘の供養をなさるというのはここでしょうか」

「そうですが」

「私は、紀州の片隅の村に住む白拍子ですが、ここ道成寺で鐘のお供養があると伺いまして、仏様の教えと結ばれたいとはるばる参詣に参りました。どうぞ、その鐘を拝《おが》ませてくださいませ」

「拝ませてあげたいのはやまやまながら、どういう訳か、お住職が、この鐘の供養は女人禁制だと言われるので、入れてあげることができません」

「大丈夫。私は、普通の女人とは違います。供養の庭で面白く舞を舞いましょう。どうか、お願い申します」

「それでは、私の一存でちょっとお詣りさせてやろうから、乱拍子の舞を面白う舞ってお見せなさい」

白拍子はさっそく烏帽子を取り付けると、扇を持ち足拍子を踏み、様々な手振りで舞いつつ歌いました。

「花の外《ほか》には松ばかり
花の外には松ばかり
暮れ初めて鐘や響くらん」
（咲き誇る桜の他には松ばかり、早や日も暮れかけて、入相《いりやい》の鐘の音《ね》が響く）

その鐘の音に誘われるように桜の花びらが乱れ散るのです。能力はその舞を見ているうちに、なぜか意識が朦朧《もうろう》となっていきました。白拍子は舞い続けつつ、少しずつ少しずつ、寺の石段をにじり登っていきます。

「……この寺は、橘道成卿《たちばなのみちなりきょう》が勅命を受け建立《こんりゅう》されたので、道成《みちなり》の字を頂き道成寺《どうじょうじ》と名付けられたのでございます……」

白拍子は寺の縁起《えんぎ》など語りながら、ついに鐘楼のある高台にまで登って参りました。

「山里《やまざと》の春の夕暮来てみれば
入相の鐘に花ぞ散りける

……その古い歌のとおり、花が散る、花が散る……」

白拍子は次第に高揚して激しく舞い始めました。

(日はすっかり暮れ、ここ日高《ひだか》の寺から見下ろす漁村の漁《いさ》り火《び》が、夕闇にもの悲しく瞬《また》き始めた。寺の者も眠ってしまった。このような良い折はない)

白拍子は、立ち舞うようなふりをして鐘に狙《ねら》い寄り、撞こうとするかに見えましたが、

「思えば、この鐘が恨めしい！」

と叫ぶと、鐘の中に飛び入って、その姿は見えなくなったのです。

それと同時に鐘は、凄《すさ》まじい轟音《ごうおん》を立てて地に落ちました。

三

驚いたのは先ほどの能力たちです。

「わああ！　雷《かみなり》だ！　桑原桑原《くわばらくわばら》。すごい雷だったな。死ぬかと思うた」

「ひいい！　地震だ！　揺《ゆ》り直《なお》せ揺《ゆ》り直《なお》せ。すごい揺れだったな。這《は》って逃げまわってしもうた」

「いや、雷ではないな」

「地震でもないな」

「鐘楼の方で凄い音がいたした」

「良いところに気づかれた」

「行ってみよう。急げ」

「急げ」

「何事もなければよいが」

「そうじゃな。無事ならよいが」

二人の能力は鐘楼にたどり着きました。すると、

「これは、びっくり仰天《ぎょうてん》！」

「どうした！」

「鐘が落ちている！」

「本当に、落ちている！」

「随分念を入れて吊り上げたから、落ちるはずがないのだが」

「あんなに念を入れたのに、何としたことだ」

「龍頭《りゅうず》※1も壊れておらぬ、ほらこのように……あつっ！　熱い！」

「どうした！」

「鐘がしたたかに煮えたぎっておるわ」

「そんなばかな。鐘が落ちたばかりで煮えたぎったりするわけがなかろう……どれ触ってみるか」

「あぶない、やめろ」

「どれどれ……あつっ！　熱い！」

「それみろ、やめろと言うたのに……しかし、これはどうしたものかな」

「どうしたものだろう」

「考えてみると、この話が、他の者から住職様の耳に入るのはまずいなあ。こちらから申し上げたほうが良かろうよ」

「そのとおりだ。こちらから申し上げねばなるまいな」

「……それについて、頼みがある」

「どんな頼みだ」

「私からは言いにくいから、そなたから報告してくれ」

「それはいやだ、もともと、こちらに頼まれたことでなし、頼まれたそなたが行って申し上げなされ」

「だから、頼んでおるのだ。申し付かったこちらとしては報告しにくい。是非ともそなたが行って申してくれ」

「いやいや、知らぬと言ったら知らぬ……知らぬぞ知らぬぞ」

能力の一人はとうとう逃げ去ってしまいました。

「ああ、ちょっと待て……行ってしもうた……これは困った。どうしても私が言わねばなるまい。これは、やっかいだなあ」

残された能力はしかたなく住職のもとに参りましたが、何と言ってよいかわかりません。

「……落ちてござる！」

「落ちたとは、何が落ちたのだ」

「鐘が落ちました！」

「なに、鐘が落ちたと申したか？」

「申しました」

「一体、どうしたというのだ！」

「それが実は、きれいな白拍子が、どうしても鐘を拝みたいと言うので、ちょっとだけ拝ませてやったのですが、あるいは、その者の仕業《しわざ》ではないかと……」

「なに！　あれほど女人禁制だと申したのに。なにをやっておる」

「ははあ、申し訳ありません」

「しかたがない。さっそく行って見てみよう」

「どうぞ急いで、ご覧ください……ああ、助かった！　あとは任せるとしよう」

能力は一目散に逃げて行ってしまいました。

住職は、寺の僧一同と、鐘楼へ駆けつけました。

「本当だ。鐘が落ちておる」

鐘は煮えたぎるように熱くなっていたのです。

「そなたたちには黙っておったが……」

住職は寺の僧たちに話し始めました。

「この寺の鐘については……恐ろしい言い伝えがあってな……それを、そなたたちに語って聞かせねばなるまいよ……」

四

「昔この近くの村に、まなごの荘司《しょうじ》という者が住んでいたが、幼いひとり娘を、それはそれはかわいがっていた。

その家に奥州《おうしゅう》から熊野詣《くまのもうで》をする若い山伏《やまぶし》が毎年泊まるようになった。山伏は、その少女が喜ぶので、かわいい土産《みやげ》を持ってきてやったりしていた。

荘司は娘を寵愛《ちょうあい》するあまり、つい、『あの山伏はお前のお婿《むこ》さんだねえ』などと冗談を言ってからかっていたところ、娘は幼な心に、その山伏を夫と思い詰め焦《こ》がれて過ごすようになったのだ。

ある年のこと、山伏が出立《しゅったつ》しようとしていると、もう年頃に成長していた荘司の娘は、『いつまで私を、ここに待たせておくの？　今年は、私を一緒に奥州へ連れて行っておくれ』と頼んだので、山伏は驚いて、夜にまぎれて荘司の家を逃れ出た。娘はそれを知って逃がすまいと追ってきた。

それで、山伏はここ道成寺に逃げ込んで、どうぞかくまってくれと頼んだのだ。寺中の者が老いも若きも集まって、これは半端なところでは隠しおおせないと、当時は普通に吊ってあった鐘楼の鐘を下ろして、その中に山伏を隠したそうだ。

一方、その娘は日高川《ひだかがわ》の岸辺をあちこち歩き回ったが、折しも日高川の水かさが増して、渡ることが出来ない。娘は、恨みの一念でついに蛇の姿になると、川をやすやすと泳ぎわたり、この寺にたどり着いた。

蛇体と化した娘は、鐘が伏せてあるのを不審に思い、龍頭を咥《くわ》えて口から炎を出し、七巻巻き付き、尾で鐘を打つと、鐘はたちまち、煮えたぎる湯のように溶けて、山伏もその場で焼失してしまった……なんという恐ろしい物語ではないか」

五

住職が語り終わると、寺の僧侶たちは、

「そのような話は、今初めて伺いました。住職様、日頃の修行の成果を見せる時ではございませんか」

「一祈りして、成仏《じょうぶつ》させてやりましょう」

「なんとしても鐘を吊り上げねばなりません」

と口々に言いますので、住職も、

「それでは、皆で力を合わせて、祈り伏せよう。たとえ、いかなる悪霊が相手といえど、日高川の水が涸《か》れ河原《かわら》の砂《まさご》の数が尽きるとも、我等の法力《ほうりき》の尽きることはあるまいぞ」

住職と僧たちは、声を張り上げて祈りました。

「なまくさまんだばさらだ
せんだまかろしやな
そわたやうんたらたかんまん」

「聴我説者得大智慧《ちょうがせっしゃとくだいちえ》、
知我心者即身成仏《ちがしんしゃそくしんじょうぶつ》」

「今、こうやって蛇身の成仏を祈っているからには、何の恨みが残ると言うのか！」

するとどうでしょう。あの重い鐘楼が揺れ動き始めたのです。

「そらそら動くぞ」

「ただただ祈れ」

「手に手に綱を引け」

一同は千手観音《せんじゅかんのん》に祈る呪文《じゅもん》を唱《とな》え、不動明王《ふどうみょうおう》の背中の火炎のように黒煙を立てるほど、激しく祈り上げたのでした。

このように祈り祈られ、鐘は、撞かずとも鳴り始め、綱を引かずとも躍《おど》り上がりました。ここぞと、めいめい綱を引き、鐘を鐘楼に引き上げると……見よ！　その下から現れたのは大きな蛇の化身。

「ああ、恨めしい。一大三千大千世界《いちだいさんぜんだいせんせかい》の恒河《こうが》（ガンジス川）の砂の数より数限りない龍王様《りゅうおう》よ。私を哀れみ願いを聞き入れたまえ」

「何を言う。龍王の世界のどこに、蛇体などの居場所があろうぞ」

僧たちは祈りに祈りました。大蛇はがばと倒れ、また起きあがり、鐘に向かって息を吹きかけると、その息は猛火となって、我が身を焼き焦がすのです。

大蛇は波立つ日高川に飛び入り、その深淵へと沈んでいったのでございます。

満次郎のここが面白い『道成寺』

紀州道成寺には三つのお話がありまます。縁起として、髪長《かみなが》姫。地元の美しい髪の長い姫が藤原不比等の養女となり、天皇の后と成り、橘道成に勅命が下って建立されたのがこの寺。その数百年後、安珍清姫《あんちんきよひめ》の物語、いまも安珍塚がのこり、鐘も地中に埋葬されているとか。さらに数百年後、釣鐘を釣ることになり供養中に、白拍子花子が乱拍子を踏みつつ鐘に飛び入り蛇体と化して暴れる……これは作ったお話ですが、「道成寺物」と言われる中でも能の道成寺はこの話であり、これを許されて無事に勤めることにより「大人」の能役者の仲間入りをすると言われています。

能舞台には笛柱に金属の輪っかがあり、舞台中の天井には滑車がありますが、これは道成寺の釣鐘の作り物をつるす為のものです。狂言方四人がかりで鐘をつるすところから能が始まりますが、一種独特の雰囲気、相当な緊迫感です。小鼓とシテの一騎打ちともいえる乱拍子。鐘入り。住僧との格闘。また、演者各役は全員「習い事（許されて特別に習わねばならない事）」で危険な部分もあり、アクシデントもままある大変な曲です。演者は公演の無事を祈るために、道成寺にお参りに行き、御祈祷していただくのが習わしになっています。

※1龍頭《りゅうず》……鐘の上部の、龍の首を合わせた形の金具。

能の型　柱巻キ見込ム型

「イノリ」というワキ（僧）との格闘場面で、柱に巻きつくように手を掛け、執心の対象物を見込む型。『道成寺』は鐘、『黒塚（安達原）』は閨《ねや》、『葵上』は病床の葵上を表す小袖が対象となる。

鉢木

［はちのき］

四番目・人情物

❖作者／不明（世阿弥か）　❖素材／不明（『太平記』巻三十五、『新古今和歌集』藤原定家の歌などか）
❖登場人物／シテ…佐野源左衛門（直面）　前ワキ…旅僧〈時頼〉　後ワキ…最明寺時頼
ツレ…源左衛門の妻（面深井）　ワキツレ…二階堂某　アイ…二階堂の太刀持
❖場所／前場…上野国、佐野　後場…相模国、鎌倉　❖時／冬（鎌倉時代中期）

そそる台詞

鎌倉に御大事《おんだいじ》あらば、ちぎれたり
ともこの具足《ぐそく》取って投げかけ
錆《さ》びたりとも長刀《なぎなた》を持ち
痩《や》せたりともあの馬に乗り
一番に馳《は》せ参じ……

やあいかにあれなるは
佐野《さの》の源左衛門《げんざえもん》の尉常世《じょうつねよ》か
これこそいつぞやの大雪に
宿借りし修行者《しゅぎょうじゃ》よ
見忘れてあるか

「いざ鎌倉」という
言葉の語源になった話だ
上野の佐野
大雪が降って
いる
前ワキ：
旅の僧
一夜の宿を
御貸し候へ
ツレ：
常世の妻
面：深井
シテ：
佐野源左衛門常世《つねよ》
あばらや
ですから
お断りします
常世は
僧が気の毒になり
泊めることにした
夜が更けてさらに
寒くなってきた
秘蔵の鉢木を
切って薪に
しましょう
「薪《たきぎ》の段」
梅桜松の
鉢木(盆栽)を
切る
そんな
もったいない
一族に横領され
落ちぶれましたが
鎌倉が大事のときは
一番に駆けつけます
それからしばらくして
鎌倉幕府から召兵の
大号令がかかる
常世は
よれよれのやせ馬で
駆けつけた
錆びた長刀
ちぎれた鎧《よろい》
私の顔を
忘れたか
後ワキ
最明寺時頼
旅の僧は
最明寺時頼だった
時頼は鎌倉幕府
五代の執権
時頼は鉢木のお礼に
梅桜松にちなんだ
土地を授けた
どうじゃ
どうじゃ
ご覧
なされよ

鉢木　ものがたり

一

大雪の日でございました。

旅の僧が一人、見渡す限りの雪原を、とぼとぼと歩いておりました。僧は、冬の間を暖かな鎌倉で過ごそうと、雪深い信濃《しなの》を立ち、はるばると上野国《こうずけのくに》の佐野《さの》の渡りまでやってきたのです。衣はすっかり濡れて、寒さと旅の疲れで足取りは重くなっておりました。

日が暮れるにつれて風が強まり、ついに吹雪になってしまいました。どこか泊めてくれるところはないかと、僧はあたりを見回しました。

すると、吹雪の彼方《かなた》に小さな一軒家が見えるではありませんか。やっとの思いでその家にたどり着きますと、案内を乞《こ》いました。

「申し、私は修行の僧です。この雪に行き暮れて困っております。どうぞ一晩お泊めください」

すると、中からこの家の女房と思われる女が出て参りました。

「これはお坊様、お泊めしたくても、只今、主人が留守でございますので、お泊めすることができません」

「お戻りになるまで、ここで待たせて頂いてもよろしいですかな」

「それは構いませんが、それでは私は、主人を迎えに行って伝えて参りましょう」

女房は主人を探しに雪の中に出ていきました。

二

その頃、主人は、大雪の中を我が家へと向かっておりました。
「ああ、よく降ったものだな。世に栄えている人は、このような大雪でも、どんなにか面白く眺めていることであろう。
雪は鵝鳥《がちょう》の羽毛が散り乱れるように降り
人は鶴の羽毛で織った着物を着て雪の中をそぞろ歩く
……白楽天《はくらくてん》がそんな詩を書いている。この大雪は、以前栄えていた頃に見た雪と変わらないのに、着ているのは鶴の羽毛の着物にはたとえようもないくたびれた代物だ。今日の寒さをどうしたものか。ああ、面白くもない雪の日だなあ……おや、驚いた。誰かと思えば、そなたか。何でこのような大雪の中に立っておいでなのだ」

「はい、旅の僧が、あまりの大雪に、一夜の宿をとおっしゃいますので、お伝えに参りました」

「その旅の僧は、どこに居られる」

「あちらでございます」

主人は家の前まで戻ると、申し訳なさそうに言いました。

「お泊めしたいのはやまやまですが、あまりに見苦しいあばら屋でございますので」

「いやいや、そんな心配はご無用です。どうかお泊め下さい」

「お泊めしたくても、われら夫婦さえ住みかねている有様。とてもとても、お宿をお貸しするなど思いもよりません。ここから十八町ほど先に山本の里という宿場がございます。日の暮れぬうちに早くそちらにおいでください」

「どうあっても、泊めてくださらぬのですか」

「お気の毒ですが、お泊め致しかねます」

「ああ、なんと待つ甲斐《かい》のない人を待っていたものだ」

僧は、重い足取りで猛吹雪のなかに出て行って見えなくなってしまいました。

三

夫婦は家に入って、火もない囲炉裏端《いろりばた》に黙って座っておりましたが、やがて女房が口を開きました。

「思えば私達がこのように落ちぶれ果てましたのは、前世で仏の戒《いまし》めを守らなかったためでございましょう。せめてあのようにお困りのお坊様をお助け申し上げれば、次の世で良い報《むく》いを受ける便《たよ》りになるかも知れませんのに……できることなら、泊めて差し上げてください」

「全くそなたは。そう思うのであれば、なぜ先ほど言ってくれぬのだ。このような吹雪の中に追いやってしまったではないか。なに、この大雪だ、そんなに遠くまで行ってはおられまい。追いついてお引き留めしよう」

主人はすぐさま吹雪のなかに飛び出していきました。そして、向こうを行く僧に呼びかけました。

「おーい、旅のお坊様、おーい。あまりの大雪に俺の声も聞こえぬらしい。おいたわしい。雪のせいで、来た道も行く道もわからず立ち尽くし、袖《そで》に降りかかる雪を払っておられるばかりだ。

駒《こま》とめて袖うち払ふかげもなし
佐野《さの》のわたりの雪の夕暮

藤原定家《ふじわらのていか》の歌の風情に似ているなあ。もっとも、その歌の佐野は大和路の三輪崎《みわがさき》あたりの佐野《さの》。ここは東路《あずまじ》の佐野《さの》だがな……」

旅の僧の歩みは遅く、すぐに追いつくことができました。

「お坊様、この雪の夕暮れに迷われるよりはましというもの。まことに見苦しいあばら家ですが、今宵《こよい》一夜、お泊まりください」

主人は僧を妻の待つ家に連れて戻りました。

四

家に入ると、なるほどこれは主人の言葉に偽りはなく、囲炉裏に火もない貧乏暮らしです。

「お坊様、このような所ですが、旅の宿りとご辛抱ください。こうしてお逢いできたのは『一樹《いちじゅ》の陰の雨宿り』というもの。きっと前世からのご縁でございましょう。雨宿りではなく雪の宿りですね。ぼろ家《や》は、夢を結ぶかわりに霜が結んで、よくお眠りになれぬかもしれませんが」

それでも、外は嵐。屋根の下にいられるだけでも有り難いと僧は思いました。女房が申し訳なさそうに差し出した冷えた粟《あわ》の飯を、僧はおいしそうに食べました。

主人は僧に語りました。

「そもそも粟というものは歌や詩の世界のものと思っておりましたが、今は、その粟の飯で命をつないでおります。かの盧生《ろせい》という青年が自分の行く末が見られるという邯鄲《かんたん》の枕をして見た栄華の夢は五十年。それが粟の飯を炊《た》くつかの間の夢だったという事でございますね。私もせめて夢にでも昔の栄華を見ることができればと思うのですが、まあご覧ください、このとおり荒れ果てたあばら家で、松風が夜中吹き通って眠ることも出来ません。眠れなければ、夢も見られませんよ」

五

夜が更けると、寒さはいっそう厳しくなりました。

「おお、そうだ。庭に盆栽がございます！」

「なるほど、あちらに立派な盆栽がありますね」

「まだ栄えておりました頃は、盆栽が好きで、様々な木の鉢を持っていたものです。しかし、このように落ちぶれた今となっては盆栽いじりでもないと思い、皆、人にあげてしまいました。それでも、あの秘蔵の『梅桜松《むめさくらまつ》』という名の一鉢だけはとってありました」

主人は外へ出て行くと、雪をかぶった大きな植木鉢を抱えて入ってきました。

「これを切り、燃やして暖まると致しましょう」

僧は驚いて押しとどめました。

「何を言われる。もったいない。丹精込めたものを。あなたがまたご出世なさる時のお楽しみにお持ちください」

「いや、落ちぶれて埋《うも》れ木のこの身に、花咲く世など訪れるはずもございません」

すると傍《かたわ》らから女房が、

「本当にそうでございます。ただ無駄になってしまう鉢の木を、今宵あなた様の為に焚《た》いて差し上げることが出来れば幸いでございます」

と申しますので、主人もさらに
「かの釈尊《しゃくそん》が悟《さと》りを開こうと苦行を積んでおられた頃、山の仙人のために薪《まき》を採《と》りに行く話がございます。どうぞ、その薪と思《おぼ》し召して暖まってください」

「まあ、また雪が降って参りました。お釈迦様が薪を採って修行したのは、丁度このような雪の日だったそうでございますよ」

「そうだそうだ。この私の落ちぶれた身なりはちょうど釈尊の修行時代のぼろぼろの衣のようですし、鉢の木を切るのに、何のためらいがございましょう」

と、夫婦は交互に言いました。主人は覚悟を決め、盆栽の雪を払っていざ切ろうとして、その手を止めて言いました。

「いや、こうして改めて眺めると、なかなか面白い枝振りだ。はて、どれから切ろうか……まず、若葉もなく枯れ木のように見える枝から、他の木に先立って咲き初める梅……梅から切ろうか。

山里《やまざと》の折《お》りかけ垣《がき》の梅の花
いかなる人の見じといふらん
（山里の柴や竹を曲げて作った垣根に咲いた梅の花でさえ、見ようとしない人があろうか）

と、菅原道真《すがわらのみちざね》が太宰府《だざいふ》へ流されてから作った漢詩にも詠《よ》まれた風雅な花。そんな梅の木を今切ってしまおうとは思いもしなかったなあ」

主人は思いきって梅の枝を断ち切り、また、桜の木を見て、

「次に桜。この桜は、毎年、少しでも花の咲くのが遅れると、どうしたのだろう、なにか木の具合が悪いのだろうかなどと心を尽くして育ててきたが、こうして零落《れいらく》して、その桜さえ切って燃やすことになろうとは……。そして、最後にこの松は、枝を整え、葉をすかし心を配って育ててきたが……」

そう言いながらも、主人は鉢の木を切り、僧の前に運んできました。

「御垣守衛士《みかきもりえじ》の焚く火の夜は燃え
昼は消えつつ物をこそ思へ
（宮中の門を警備する衛士の焚く火のように、私の心の恋の炎も夜は燃え、昼は魂も消え入るばかりの切なさです）

という歌がありますが、私はその衛士《えじ》です。さあ、あなたのお為に焚くのですから、そばに寄って、ようくお暖まりください」

主人はそう言って、切った鉢の木を囲炉裏にくべました。あばら家がほのかに暖まって、三人はわずかながら体を暖めることが出来たのです。

六

旅の僧が名をたずねると主人は、

「某《それがし》は、名も無いつまらない者です」

と名乗ろうとしませんでしたが、

「いや、何かの時のお為にもなりましょう。お隠しになることはない」

そう重ねて聞かれて、

「この上は何を隠しましょう。佐野《さの》の源左衛門《げんざえもん》の尉常世《じょうつねよ》のなれの果てでございます」

と名乗りました。旅の僧は驚きました。

「佐野殿はこちらの領主ではありませんか。どうして、かような散々の有様になられたのです」

「実は、一族の者に領地を奪われてしまいました」

「それなら、なぜ、鎌倉に訴え出ないのです」

「訴えたくても、運が尽きたか、最明寺《さいみょうじ》様が旅に出ておられて、それも叶《かな》いません」

無念そうに源左衛門は言いました。最明寺様とは、鎌倉幕府の執権北条時頼《ほうじょうときより》が出家してからの名前で、今も幕府の実権を握っておりました。源左衛門は話を続けました。

「だが、このように落ちぶれても、ご覧くだされ。この通り、鎧甲《よろいかぶと》が一揃え、長刀《なぎなた》が一振、あちらには馬も一頭飼っております。いざ鎌倉というときは、ちぎれていてもこの具足《ぐそく》を急ぎ身に着け、錆《さ》びていようと長刀を持ち、痩《や》せていようとあの馬にうち乗り、真っ先に鎌倉に駆けつける覚悟でござる。そうして、いよいよ合戦《かっせん》になれば、敵が幾千いようとも、一番に割って入り、思う敵と組み合い討死《うちじ》にしようものを……このままむざむざ飢えに疲れて死んでしまうのかと思うと、無念でたまりません」

翌日、雪は上がり、空は冴《さ》えわたりました。僧は別れを惜《お》しみながら、

「鎌倉においでのことがありましたら、是非お訪ねください。なかなか面白い法師ですよ、私は。まあ、たいしたものではありませんが。幕府に申し上げる手引きなど致しましょう」

そう言い残し、源左衛門夫婦に見送られて去って行きました。

七

さて、それからしばらくして、鎌倉幕府は関東の武士たちに突然命令を下しました。

「合戦の用意をして、鎌倉に集まれ」

関八州の夥《おびただ》しい数の武者たちは、きらびやかな自慢の鎧甲に身を包み、金銀の飾りを施《ほどこ》し

た太刀《たち》を佩《は》き、手を掛けて肥やした立派な馬にうちまたがり、乗り換えの馬の手綱《たづな》を引いた家来の者をひき連れて、いざ鎌倉へと馳《は》せ参じました。もちろん佐野源左衛門もすぐさま上野国を出発しました。

「武士の心は誰にも負けぬぞ」

しかし、なにぶんにも馬はよれよれのやせ馬、鎧甲も粗末なもので、その姿を見て笑う武士もありました。馬の足はのろく、どんどん追い抜かれていきます。やっとのことで鎌倉にたどり着きました。

やがて、最明寺時頼《さいみょうじときより》が現れました。並み居る軍勢は一斉に跪《ひざまず》いて時頼の言葉を待ちました。時頼は言いました。

「この中に、ぼろぼろの鎧甲を着て、錆《さ》びた長刀を持ち、やせ馬の手綱を自分で引いている武者が一人いるであろう。その者をここに」

そんな者は源左衛門しかおりません。家来はすぐさま源左衛門を時頼のところに連れて行きました。

「どうして俺が呼ばれたのだろう。わかったぞ。誰かが俺を謀反人《むほんにん》だとでも讒言《ざんげん》して、御前に召し出し、首を刎《は》ねるつもりだな。そうならそうで致し方ない。さあ御前に参ろう」

源左衛門は胸を張って立ち上がりました。見渡すと、いざ鎌倉の招集に馳せ参じた武将がきら星の如く居並び、殿の御前には、諸侯はじめ大勢の人々が並び、互いに目配せをし、指をさし笑いあっております。そのなかを源左衛門は草摺《くさずり》の紐《ひも》のちぎれた古い鎧を着こみ、錆びた長刀を揚々とかい込み、わるびれた景色もなく、時頼の前に進み出て、畏《かしこ》まりました。

　すると、時頼は笑って言いました。

「やあやあ、源左衛門よ、よくきてくれたな。いつぞや大雪の日に一夜の宿を借りた旅の坊主は、この時頼じゃ。どうした、わしを見忘れたか？」

　源左衛門は飛び下がってひれ伏しました。

「大切な鉢の木を切って、囲炉裏にくべて暖を取らせてくれた。その気持ちがなにより暖かかったぞ。ここに馳せ参じた皆の者も、訴訟があらば申せ。理非を正し沙汰《さた》致すぞ。その始めに、源左衛門に、もとの領地を返し、さらに梅桜松の鉢にちなんで、加賀《かが》の梅田《うめだ》と、越中《えっちゅう》の桜井《さくらい》、上野《こうずけ》の松井田《まついだ》の三つの村を与えよう」

　夢を見ているのではないかと源左衛門は思いました。

　本領安堵状[※1]に添えられた時頼自筆の書状を押し頂いて下がった源左衛門は、辺りの武士たちに向かってその書状をさし上げ、大声で叫びました。

「どうじゃ、どうじゃ。これをご覧なされよ。俺を笑っておられた方々も、さぞ羨《うらや》ましいことでござろうぞ」

源左衛門は、晴れ晴れとしたうれしさに眉をひらき、今は意気揚々と、例のやせ馬にまたがり、上野国佐野の里へと帰って行ったのでございます。

※1　本領安堵状……もともと所有していた土地の権利を改めて公認する文書。

満次郎のここが面白い『鉢木』

　武士の鑑として、また「いざ鎌倉」の代表的伝説、佐野源左衛門の生き様は好感もてる話として昔より世間で語り継がれてきました。昭和初期までは小学校の教科書にも載った話です。一族に横領されたことは、ひょっとして人が好過ぎたのかも知れませんが、武士の意気込みと忠節心は誰にも引けをとらず、しかしこのまま飢え死にするのが辛い、功名を上げて討死したい、と悲しむ様には胸が打たれます。

　秘蔵の鉢木を一瞬、躊躇しながらも一僧一宿（一晩僧を泊めることによって功徳を積むこと）のために切って焚火にする、本当の「おもてなし」。ウラもオモテもなく身を削ったオモテナシが最明寺殿の心を強く打ったのでしょう。後半、御前に召されるのも、あまりにみすぼらしいなりを咎められて処刑されるかと覚悟する、本当にここまでは気の毒な身の上の大豪族。しかしそのあとは面目躍如のハッピーエンドが待ち受けます。人間、正直に頑張らねば……。

鞍馬天狗

「くらまてんぐ」 五番目・天狗物

❖作者／宮増　❖素材／『義経記』など

❖登場人物／前シテ…山伏〈化身〉（直面）　後シテ…大天狗（面大癋見《おおべしみ》）　前子方…牛若丸、花見児　後子方…牛若丸　ワキ…東谷の僧　ワキツレ…従僧　アイ…木葉天狗

❖場所／山城国、鞍馬山　❖時／春

そそる台詞

花咲かば、告げんと言ひし山里《やまざと》の
使《つかい》は来《きた》り馬《んま》に鞍《くら》、鞍馬《くらま》の山の雲珠桜《うずざくら》
手《て》折《おり》枝《し》折《おり》をしるべにて、奥も迷はじ
咲き続く、木蔭に並み居て
いざいざ花を眺めん

げにや花の下《もと》の半日《はんじつ》の客《かく》
月の前の一夜《いちや》の友
それさへよしみはあるものを
あらいたはしや近う寄りて
花ご覧候へ

鞍馬山《くらまやま》で花見がある
橋がかりに子方が
ずら〜
今日見ずは悔しからまし花盛り
山伏が乱入
花見客は皆退散してしまった
どん
シテ：山伏
ゾロゾロ
沙那王《しゃなおう》だけが残った
帰ったのは平家の稚児
みづからは月にも花にも捨てられて候
子方：沙那王《しゃなおう》(牛若)
あら いたわしや
私が花の名所をお見せしましょう
私は鞍馬山に住む大天狗なり あなたに兵法を伝授しよう
アイ：木の葉天狗
面：鳶
沙那王に斬りつけて勝ってみせよう
沙那王は小天狗の相手をしなかった
師匠に失礼だと思いやめました
ゆゆしし ゆゆしし
後シテ：大天狗
面：大癋見《おおべしみ》
あなたは本当に我慢強くて優しい方だ 源氏の頭領としてふさわしい
影身を離れずお守りしよう おごれる平家を西海に追い下せよ

鞍馬天狗　ものがたり

一

ここは、京都の鞍馬山《くらまやま》です。ふもとの谷間の桜の花はちょうど見頃を迎えています。山伏《やまぶし》の格好をした大男が一人、山を下りて参りました。鞍馬山の奥、僧正《そうじょう》が谷《たに》には、修験《しゅげん》道《どう》の修行に励む山伏が住んでおります。この山伏も、里の花見の宴を眺めてみようと思ったのでしょう。

鞍馬山には西の谷と東の谷があり、どちらの谷も桜の名所なので、毎年交代で花見の宴を開くことにしています。今年は西の谷の番にあたります。桜が満開になったので、西の谷の能力《のうりき》（寺男）は、花見の招待状を携《たずさ》え東の谷へ向かっておりました。

そこへ丁度、東の谷の僧たちが大勢のかわいらしい稚児《ちご》を連れてやってくるのに出会いました。西の谷の能力はこれ幸いと、携えて来た手紙を東の谷の僧に手渡しました。その手紙にはこう書いてありました。

「西の谷の桜は、今を盛りと咲き誇っております。なぜおいでにならないのですか。

今日見ずは悔《くや》しからまし花盛《はなざか》り
咲きも残らず散りも始めず

（今日見ないと後悔なさいますよ。咲いていない花も散り始めた花もない、満開のまさに今）

そう古い歌にも歌われております」
東の僧はこの招待状を読むと、
「これは面白い歌ですね。まことに、知らせをもらわないでもこちらから出向いて行って、花の木陰で待つべきでした。花が咲いたら知らせましょうと言っていた山里からの使者が来たのだ。さっそく用意をして出掛け、花盛りの木陰に並んで花見をしましょう」
僧は稚児たちを連れて西の谷へと向かいました。

二

こちらは、西の谷。東の谷の僧と稚児たちが到着しましたので、満開の桜の下に宴の席を設け、一同は和気藹々《わきあいあい》と並んで座っております。

東の谷の僧は、西の谷の能力に頼みました。

「今日は、稚児たちを大勢連れて来たので、この子たちが喜ぶように、何か一曲歌ってください」

「心得ました。おもちゃづくしの小唄がよろしいでしょう」

能力はさっそく、身振り手振りを交えて面白く舞い歌いました。

小さくてかわいいもの
張り子や陶器のお人形
しゅくしゃ結びにささ結び
山科《やましな》結びに風車《かざぐるま》
瓢箪《ひょうたん》に山雀《やまがら》のおもちゃ
胡桃《くるみ》をつつく鳥のおもちゃ
虎《とら》模様の子犬
起きゃがり小法師《こぼうし》、振《ふ》り鼓《つづみ》
手鞠《てまり》、やじろべえ

蹴鞠《けまり》に小弓

その前にぬっと現れ出たのが、先ほどの山伏です。山伏は能力をじろりと見ると、その場にどっかと胡坐《あぐら》をかいて座り込みました。

能力は、驚いたのと歌の腰を折られたのとで、すっかり気分を悪くして、すぐさま東の谷の僧に知らせました。

「申し上げます。山伏が来て居座っておりますが、ああいう者は大変な無法者です。追い立てましょう」

「お待ちなさい。確かにこの花見の席は、源氏と平氏両家の幼い若君たちのおられる場ですから、よその者の同席は好ましくない。だが、あからさまにそう言うと、差別したと言われる。花見は明日に延ばして、ひとまずこの場を立ち去りましょう」

「いやいやお言葉ですが、あの山伏を追い払いましょう」

「いえ、さっさとここを離れましょう。さあさ、お子様たち、参りますよ」

僧は稚児たちを促《うなが》して、遠ざかっていきました。

残された能力は、まだ腹の虫が治まりません。

「せっかく盛り上げていたのに、しらけさせたのはあの山伏だ」

能力はまだ座り込んでいる山伏の方を憎々しげに睨《にら》みました。

「ああ、俺の好きにさせてもらえるなら、こいつをお見舞いしたいところだ」

能力は、これ見よがしに拳《こぶし》を振り上げました。

「ああ腹が立つ。腹が立つわい！」

能力は怒りながら、僧と稚児たちを追いかけて去っていきました。

三

山伏は座り込んだまま能力が走り去るのを見やって、一人嘆きました。
「遙かに人家《じんか》を見て　花あれば便《すなわ》ち入る
論ぜず　貴賤《きせん》と親疎《しんそ》とを
（はるか行く手に人家をみつけて、そこに花が咲いていたら、すぐに立ち寄って花を眺めるものだ。そんな時は、身分の上下や、知り合いかどうかなど関係がない）
そう白楽天《はくらくてん》の詩にもあるが、春の花見などその最たるものであろう。この浮世から遠ざかった鞍馬寺《くらまでら》で、そのご本尊は大慈悲《だいじひ》の毘沙門天《びしゃもんてん》であるのに……なんと慈悲《じひ》の心のない人達であろうか」

するとその時、少年の澄んだ声がしたのです。

「花の下《もと》の半日《はんじつ》の客《かく》
月の前の一夜《いちや》の友……

本当に、そんなひと時のふれ合いでも、よしみに感じるものなのに……おいたわしい。こちらに近くいらして花をご覧なさい」

声のする方を見ると、美しい稚児が一人、まだ立ち去らず花の下に座ったままなのです。

「これは思いがけないお言葉です。人を待つ気持ちがありながら鳴かぬ松虫《まつむし》。声さえたてぬ深山桜《みやまざくら》のようなこの身にお声を掛けてくださるとは。誰にも知られず白雲《しらくも》の漂《ただよ》う奥山に住まいして、人と付き合うこともありませんでした。

誰《たれ》をかも知る人にせん高砂の……」

「松も昔の」

少年がかしこく歌の続きを言いますので、山伏はまたそれを引き継いで語りかけました。

「松も昔の友ならなくに……

友烏《ともがらす》の、もの笑いの種をまくことになるでしょうか。こうしてあなたと親しくすることは。世間のうわさはうるさいものです。でもどうかこの老いの身を遠ざけないでください……私は、あなたに心奪われました。あなたは、垣に咲き初める梅の花のように美しいお方です。どうか、私を拒まず受け入れてください。それでこそ情けある花。花は春になれば咲くさだめ」

しかし、と山伏は心に思いました。

(人の身は、初めて一夜を親しんでもその後はどうであろう。ふとしたことから思いもよらず心惹《ひ》かれ、心ここにあらずという有様で、仲は進展しないまま恋しい気持ちばかり募《つの》るであろうと思うと、こうして馴《な》れ初めたことが悔やまれる)

山伏は、少年にたずねました。

「他の稚児たちは帰ってしまったのに、どうしてあなただけここに残っておられるのです」

「今ここにいた稚児たちは、平家一門の、しかも安芸守《あきのかみ》・平清盛《たいらのきよもり》の子供たち。鞍馬山でも、他の寺でももてはやされ、今を時めく花のようです。それに引きかえ私は、同じ寺にいても、月にも花にも見捨てられた身の上です」

「おいたわしい。肩身の狭い思いをなさっておられるか。あなた様は源氏の公達《きんだち》で、常磐御前《ときわごぜん》の三男の牛若丸《うしわかまる》様。毘沙門天《びしゃもんてん》の沙の字をとって、沙那王《しゃなおう》様とおつけした若君。私は、あなた様の御身分を知っていればこそ、心が暗くなります。鞍馬《くらま》の木の間の月影のようなあなた。

見る人もなき山里の桜花《さくらばな》
ほかの散りなむのちぞ咲かまし
（ひとに顧みられず咲く山桜は、よその桜が散ってから咲けばいいのに）

そのようなお身の上がいたわしい。

落花の後に松の梢《こずえ》を風が吹き渡り、桜の花びらは雪のように舞い、やがて雨になり、凄《すさ》まじいほどの物悲しさです。夕暮れの仄明《ほのあか》るさをとどめる花影に、鞍馬の寺の鐘の音が聞こえてきて、まだ暮れきらぬ、奥は鞍馬の暗い山道では……花こそが、道しるべでございます」

山伏は、桜の梢を見上げ、また牛若丸を振り返りました。山伏は牛若丸のもとに歩み寄ると、そっと立ち上がらせました。

「さあ、こちらへおいでなさいませ。今日は、私と二人、花を見に参りましょう」

そういう声に気付いていてみれば、牛若丸は、山伏と共に、雲に乗り、大空に浮かんでいたのです……。

その時、山伏が牛若丸にお見せした桜の名所は、愛宕《あたご》や高尾《たかお》の初桜《はつざくら》、比良《ひら》や横川《よかわ》の遅桜《おそざくら》、吉野《よしの》や初瀬《はつせ》など、見落とすところもございませんでした。

牛若丸は、山伏に言いました。

「それにしても、あなたはどのようなお方で私をお慰《なぐさ》めくださるのですか。御名をお名乗りなさいませ」

「今は何を隠そうぞ。我はこの鞍馬山で久しく年を重ねた大天狗《てんぐ》である。あなたは、兵法の奥義《おうぎ》を学び、平家を討《う》ち滅ぼされるべきである。そうお思いになられるならば、明日また、お会い申しましょう。それでは」

そう言うと、天狗は僧正が谷の谷間を、湧《わ》き上がる雲の上を踏みつつ飛んでいったのです。

四

こちらは、鞍馬山の奥、僧正が谷です。大天狗にお仕えする木の葉天狗《こはてんぐ》という小天狗たちが術の修行をして暮らしております。

大天狗は近頃、牛若丸に密かに兵法を教えており、その成果を見るために、牛若丸様と打太刀《うちだち》の試合をするよう、木の葉天狗たちに申しわたしたのです。

驚いたのは、木の葉天狗たちです。

「牛若丸様と打太刀の試合だって。そんなの、勝てるはずがないさ」

「なんでだい」

「だって、大天狗様は、やれこうがい隠れの、やれ木《こ》の葉隠《はがく》れの、やれ霧《きり》の印《いん》のと、惜《お》しげもなく、大事な忍びの術まで伝授されたそうだよ。我等木の葉天狗ごときが勝てるはずはないのさ」

「いいや、俺は牛若丸様と打太刀をして、たぶん勝つから、見ていろよ」

「へえ、それなら、いざ稽古《けいこ》試合だ」

「よかろう。受けて立とう」

「では、構えて」

「心得た」

「やっ！」

「えいっ！」

「やっ！」

「えいっ！　あ、痛た、待った待った、これはかなわん。俺はもう帰る」

口ほどにない木の葉天狗は、あっという間に逃げて行ってしまいました。

「あ、こら、待てよ。待てったら！　ああ、どこかへ行ってしまった。俺一人ではどうにもなるまい」

と言いながら、もう一人の木の葉天狗は、牛若丸を探しに行きました。

五

牛若丸は今日も勇《いさ》んで武術の稽古にやって参りました。薄花桜色《うすはなざくらいろ》の単衣《ひとえ》を肌にまとい、紋を織り出した直垂《ひたたれ》を着てその袖《そで》を短く結んで肩にかけ、白糸縅《しらいとおどし》の鎧《よろい》をつけ長刀《なぎなた》を携えたそのいでたちは、どのような天魔鬼神《てんまきじん》もかなわぬほどの華やかさ。さながら、奥山に咲く山桜の風情です。

そこに大天狗が、名だたる天狗どもをひき従えて現れました。そのお供の天狗の顔ぶれは……筑紫《つくし》の彦山《ひこざん》の豊前坊《ぶぜんぼう》、四国の白峰《しらみね》の相模坊《さがみぼう》、大山《だいせん》の伯耆坊《ほうきぼう》、また、長野の飯綱《いづな》の三郎、富士の太郎天狗《たろうてんぐ》、吉野《よしの》の大峰《おおみね》の前鬼《ぜんき》の一党、葛城山《かつらぎさん》系の高間山《たかまやま》の一党、また、都の近くでは、比良《ひら》や横川《よかわ》や如意《にょい》が嶽《たけ》の天狗、高尾《たかお》の嶺《みね》に住む天狗、愛宕山《あたごやま》の天狗などなど、おびただしい数です。

天狗たちは霞《かすみ》のごとくたなびき、雲となって群がって飛び、そのために月光はさえぎられ、暗い鞍馬山の僧正が谷に満ち満ちて、峰を動かし嵐や木枯らしを吹き起こし、滝の落ちるような音を轟《とどろ》かせ天地をどよめかせています。

天狗の登場の物音はこのようにおどろおどろしいので、深山《みやま》で突然原因のわからない凄まじい物音が鳴り渡るのを、天狗倒しと呼ぶのです。

大天狗は牛若丸に言いました。

「さきほど、小天狗を打太刀のお相手に遣《つか》わしましたが、稽古したお手並みのほどを見せてやりましたかな」

牛若丸は微笑《ほほえ》みながらこう答えました。

「はい、たった今、かわいい小天狗たちがやってきましたので、軽く斬《き》り付けもして、稽古の手際をお見せ申したいとは思いましたが、そんなことをしたらお師匠様に叱《しか》られるかと思って、やめておきました」

そう聞くと、大天狗は愉快《ゆかい》そうに手にした葉うちわを振り、おおいに感心して言いました。

「ゆゆししゆゆしし。あなたは、なんと健気《けなげ》で我慢強いお方なのでしょう。このように心も形も荒々しい天狗を師匠と敬《うやま》ってくださるのですね。一つあなたに物語を語ってお聞かせいたしましょう」

大天狗は腰を下ろして、牛若丸に中国の故事を話し始めました。

「中国の漢の時代、高祖《こうそ》の臣下に張良《ちょうりょう》という者がおりました。張良は、黄石公《こうせきこう》という老人に兵法の奥義を相伝してもらおうと側近く仕えていましたが、ある日、黄石公が馬に乗って来るのに出くわしました。その時どうしたことか、左の沓《くつ》が脱げて落ちました。黄石公は張良に、

『これ張良、その沓を拾ってきて履《は》かせよ』

と言ったそうです。張良は内心面白くありませんでしたが、沓を取って履かせました。

ところが、また次に張良が黄石公に行き合った時、黄石公は、今度は一時に右と左の沓を落として、

『これ張良、両方の沓を拾ってきて履かせよ』

と言うのです。張良はさらに心穏やかではありませんでしたが、いや、黄石公から兵法の一大事の相伝を受けるためには、我慢できぬことなどあろうかと、落ちた沓を拾い上げて捧《ささ》げ

持ち、馬上の黄石公に履かせたのです。

それを見て、黄石公の心は打ち解け、遂《つい》に張良に兵法の奥義を伝授したということです
……この中国の故事のように、私の貴いあなた様も、そのようなはなやかなご様子でありながら、私のような姿も心も荒れた荒天狗《あらてんぐ》をお師匠様と敬って接してくださるのは、なんとしても兵法の大事の相伝を残らず受け、いずれは驕《おご》れる平家を西海《さいかい》に追い下したいと思っておられるからなのでしょう。なんと健気なお志なのでしょう。

そもそも、あなたは、清和《せいわ》天皇を祖とする清和源氏の子孫と生まれ……」

大天狗は舞を舞い始めました。

「やがて、あなたは、
奢《おご》れる平家を、西海に追い下し
波煙《けぶ》る西海の海原《うなばら》で
伝授した浮雲に乗り
自在に飛べる奥義をもって敵を平らげ
雪辱《せつじょく》を果たすことが出来るでしょう。
私はあなたをお守りする覚悟です。

今はここでお別れいたしましょう」

一礼をして立ち去っていく大天狗を見ていた牛若丸は、思わず駆け寄ってその袂《たもと》をつかんで引き留めました。大天狗は牛若丸のまだ幼い肩を抱き、さらに名残惜《なごりお》しい気持ちが募るのを抑えて言いました。

「来る九州四国の合戦でも、我等は影のようにあなたを離れず、弓矢の力を添えてお守り致しましょう。頼みになされよ」

大天狗はそう言うと、夕闇暗き鞍馬の山の梢に飛び翔《かけ》って、やがて見えなくなってしまったのでした。

満次郎のここが面白い『鞍馬天狗』

大佛次郎の幕末快傑物語、「鞍馬天狗」は大正より最近まで度々ドラマ、映画でもお馴染みですが、能の『鞍馬天狗』からお題をとっていることは近年忘れられているかも知れません。アラカン（嵐寛壽郎）さんの当たり役で大人気でしたが、この天狗さん、能『鞍馬天狗』の花咲かば〜の謡を口ずさんだり、剣術の達人で負け知らずであったり、権力批判を貫いたりと、天狗を名乗るだけに共通点が多いのでした。

能の方は、おごり高ぶる平家打倒に力を貸す天狗、元来「慢心」の代名詞的存在でもある天狗が、我慢を尊び心優しき存在なのはユニークです。西海四海の合戦にも影身を離れず弓矢の力を添え守るべし、と牛若を励まします。平家の世の中を転覆する、言わばクーデターの立役者である牛若（源義経）を支えたのは鞍馬山の大天狗ということになりましょうか。

この能、花見のシーンから始まりますが、平清盛の子たちと共に鞍馬寺に学問修得のために預けられている牛若も含めて、鞍馬山西谷の花見に出かけます。ぞろぞろと可愛い子たちが長袴を引きずり登場します。我々の初舞台となることの多いこの花見稚児、本当は牛若を阻害する意地悪な子たち、という事は全く連想もされない程、微笑ましいのは御容赦ください。

満次郎コラム

稽古について

「稽古は強かれ情識は無かれ」と、世阿弥《ぜあみ》は繰り返し著述しています。幾つになってもシッカリと稽古に励み、傲《ごう》慢《まん》な心を持つなと、もっとも当然の事です。

　能を継ぐ家に生まれた者は、シテ方は大抵は五歳頃より稽古して初舞台を勤めます。

　昔から数え歳の六歳六月六日に稽古事を始めると大成すると言うが如《ごと》し、早めに初舞台を済ませて、水に馴染ませるのです。

　能の舞台は子どもには辛い事だらけ、長時間動かず、座り続けて、ひたすら留拍子《とめびょうし》（終曲にシテが踏む足拍子）を待つのです。大きくなってから説得してやらせるのは難しくなりますので、気が付いた時には「舞台」で座っている、位の状態に仕向けるのも伝承の業と思っております。

　小さな子といえ、お客様の前で舞台に上がるのですから、間違えず行儀よくするのは当たり前、また、子方（子役）の健気《けなげ》さが、物語の上で哀れさを増し、演出効果も上がる事になります。

　その子方も、男子ならば声変わりして、御役御免。

　声を出す稽古は休止し、型（舞）と囃子《はやし》事の稽古を重点的にやらせます。

　声変わりが終了して声が安定してくれば、謡《うたい》の稽古も再開しますが、その頃には大人の稽古がいよいよ始まり、今まで声の通った子も声は出ず、体型もまだ不十分、可愛らし

い子方から、可愛くない中途半端な少年能楽師見習い、となるわけです。

　そこで自信を失い止めてしまう子もおり、伝承にとって一番危険な時期です。世阿弥もこの時期は無理にさせるなと書いています。

　大らかに厳しく稽古してやることが大切と思っていますが、これはプロ・アマ変わらずの事でしょう。

　子方時代にチヤホヤされた少年も、今度は大人の一番下っ端としてこき使われます。「強い稽古」も始まり、謡い込んで、舞い込んで、身体作りを始めます。既に、一生の稽古も始まっているのです。

　自分が能を生業としてやっていけるかどうか、見当も付かずに不安を心にしまい込みつつ、稽古（修行）を十年も二十年も続けていきます。

　もっとも、教える師は本人が努力次第でやっていけるか否かを早い段階で見抜いていますが、しかし最終的に決断するのは本人となります。

　能の家に生まれても他の道に転換したり、或いは他からこの世界のプロを目指す方も増えています。

　「能に果てはあらず」とも言われ稽古や修行は一生のもの、「情識」は禁物。また、有名な「初心忘るべからず」は世阿弥の最も有名なコトバです。この「初心」は今に使う「初心」の意味と違い、「下手であった（ある）自分」と解釈します。

　幾つになっても、少しでも上達した時点でその直前の自分は初心であり、絶えず初心は続き、それを僅《わず》かでも乗り越え続けるのが私共の命題と承知しております。

邯鄲 ［かんたん］

四番目・唐物

❖作者／不明（世阿弥か）　❖素材／唐の『枕中記』、『太平記』巻二十五など

❖登場人物／シテ…盧生（面邯鄲男）　ワキ…勅使　子方…舞童　ワキツレ…輿舁《こしかき》、大臣

アイ…邯鄲の宿の女主人

❖場所／中国・邯鄲の里　❖時／不明

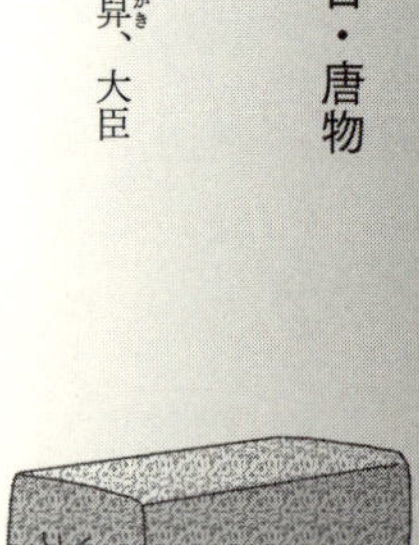

そそる台詞

女御更衣《にょうごこうい》の声と聞きしは
松風《まつかぜ》の音となり
宮殿楼閣《きゅうでんろうかく》は
ただ邯鄲《かんたん》の仮の宿

栄華のほどは五十年
さて夢の間《あいだ》は粟飯《あわいい》の
一炊《いっすい》の間《あいだ》なり

邯鄲の枕で一眠り
来し方
行く末の
悟りを開く
枕です〜
枕
アイ：宿の女主人
シテ：盧生《ろせい》
人生いかに生きるべきかを悩む
旅の青年
黒頭
面：邯鄲男
掛絡《かろ》
引立大宮《ひきたておおみや》
畳一畳の寝床が
一転宮殿になる
邯鄲の枕で眠った盧生は
五十年の栄華の夢を見る
盧生は
輝く輿に
乗って
殿上人に
なった
この天の濃漿《こんず》を*
飲めば
君の寿命は千年
国の栄華は
万年続くでしょう
*仙人の世界の酒
台から一瞬
落ちそうになる
「ソラオリ」
という演出…
夢が覚めかけて
切れ切れになることを
表現している
寝床に飛び込んで
夢から覚めるところが
見どころ
ばっ
げに何事も
一炊の夢
目覚めれば粟の飯の
炊ける間のことだった

邯鄲　ものがたり

一

ここは唐土《もろこし》の国《くに》・邯鄲《かんたん》の里（現・中国河北省南部）です。この里にある宿屋の女将《おかみ》が昔、仙人の法術を使う人に宿を貸したところ、お礼に『邯鄲の枕』という不思議な枕をもらいました。その枕をして一眠りすると夢を見て、来し方行く末の悟《さと》りを開くことが出来るというのです。女将は宿屋に泊まるお客には、

「どうです、邯鄲の枕をして寝てみませんか」

と声を掛けるのでした。

さて一方、蜀《しょく》の国（現・中国四川省成都付近）の片隅に、盧生《ろせい》という青年がおりました。

「僕はせっかく人間に生まれながら、仏道を求めるでもなく、ただぼんやり日々を送っているばかりだ。楚《そ》の国の羊飛山《ようひざん》に尊い僧が住んでいるといううわさを聞いた。如何《いか》に生きるべきか、たずねに行ってみよう」

青年は、羊飛山をめざして旅に出ました。住み慣れた蜀の国を後にして山また山を越え、野や山や里で野宿をしながら、名前だけは聞いたことのある邯鄲の里までやって参りました。

「ここが邯鄲の里か。まだ昼間だが、雨が降ってきたし、今日はここで宿を取ることにするか」

盧生は宿屋の玄関に立って案内を乞《こ》いました。

「今夜、泊めてもらえますか？」

「どうぞどうぞ。こちらへお通りください。お客様は、どちらへおいでになるのですか？」

「はい、僕は、蜀の国の盧生という者ですが、楚の国の羊飛山に尊い僧がおられると聞いて訪ねていくところです。如何に生きるかという人生の一大事を教えてもらおうと思い立って、旅に出てきたのです」

「それは遠くからお出《い》でですね。ところで、私は昔、仙人の法術を使う人を宿にお泊め申しましたところ、お礼に『邯鄲の枕』という枕をいただいたのですよ」

「ほう」

「その枕をして一眠りすると、すぐに夢を見て、来し方行く末の悟りが開けるというのです。試してみられてはいかがですか」

「ええっ、その枕はどこにあるんですか？」

「ほら、あちらのお部屋にあるのがそれでございますよ」

「それじゃあ、あの枕をお借りして、ちょっと一眠りさせてもらいましょう」

「では、私はその間に粟《あわ》のごはんを炊かせておきましょう」

宿屋の女将は台所に立って行きました。

盧生は奥の座敷に置いてある枕をつくづくと見て思いました。

（これが『邯鄲の枕』というやつか。行く末を知ろうとする旅の門出にはぴったりだな。試しに寝てみて、夢のお告げがあったら、神様のお言葉ということだ。

一樹《いちじゅ》の陰《かげ》に宿り
一河《いちが》の流れを汲《く》むも
皆これ多生《たしょう》の縁《えん》

そんな言葉があるが、通り雨の雨宿りをする者同士も前世からの縁あってのことらしい。ちょうど降ってきた雨でこの宿に立ち寄り、まだ明るいうちに一眠りして夢を見るのも、何かのご縁かもしれないなあ）
などと考えながら、邯鄲の枕をしてごろんと横になり、うとうとし始めたのでございます。

二

パシパシッ
その盧生の枕もとを扇で打つ者がおりました。

起き上がった盧生の前に、立派な身なりの者たちがひれ伏しています。

「盧生に申し上げることがございます」

「あなたたちは何者ですか？」

「楚の国の帝の使者です。帝はこの度、御位を盧生にお譲りになるとのこと。それをお伝えに参ったのです」

「この僕が、王になるだって？　またまた、いったい何で、僕が王の位につけるんだい」

「理由などとやかく推量する必要があろうか。貴方様は天下を治めるべくして治められるお方。そのめでたい相をお持ちなのでしょう。ささ、早くこの輿《こし》にお乗りなさい」

（……思いもよらないことだ。僕が、こんなキラキラの玉の輿に？　ああ、この先一体どうなるんだろう）

盧生は天にも昇る心地がして、輝く玉の輿に乗って、栄華は一時の夢とは知らず殿上人《てんじょうびと》となったのです。

三

さて、盧生を乗せた輿は、楚の国の宮中に到着いたしました。その素晴らしい眺めと言ったらございません。もとより、宮中は雲の上と言われる所ですから、月光はさやけく雲龍閣《うんりゅうかく》や安房殿《あぼうでん》などの宮殿を照らし、その光の満ち満ちて妙《たえ》なる庭には金銀の砂を敷き、四方の門の扉には翡翠《ひすい》を散りばめ、その門を出入りする人々の装いは、仏様の都の楽しみもかくやと思われる程の神々しさです。

幾千幾万の宝を捧《ささ》げに来る、千戸万戸《せんこばんこ》を支配する諸侯は、旗を棚引《たなび》かせ、国王を礼拝《れいはい》する声を天地に轟《とどろ》かせております。

その宮殿の東には三十丈《じょう》余りの銀の山を築いて、金の日輪《にちりん》を飾りにし、西には三十丈《じょう》あまりの金の山を築いて、銀の月輪《げつりん》を飾りとしています。

長生殿《ちょうせいでん》の裏には春秋《しゅんじゅう》をとどめたり
不老門《ふろうもん》の前には日月遅《にちげつおそ》し

（唐の時代、玄宗皇帝が楊貴妃と出かけた長生殿という離宮の内では、季節も緩やかにめぐり、漢の時代、洛陽の都にある不老門の中では月日のあゆみも遅かった）

この和漢朗詠集《わかんろうえいしゅう》の詩のように、君の世が長く続くことを願う心を表した庭なのです。

そこに廷臣が出て畏《かしこ》まり申し上げました。

「君が即位されて、早や五十年が経ちました」

「もうそんなに……」

「この霊薬の酒をお飲みになれば、御年《おんとし》千年まで御寿命を保たれるでありましょう。それでここに天の濃漿《こんず》や沆瀣《こうがい》の盃《はい》を持って参りました」

「いったい天の濃漿とは……」

「仙人の世界の酒のこと」

「沆瀣の盃とは……」

「仙人が使う盃《さかずき》のこと」

「飲めば寿命は千年と聞く菊の酒。[※1]めでたいことだ」

「栄華の春は万年続きましょう」

「私も栄え」

「民も栄え」

「国土は安らか」

「国土は永久」

「栄華はますます盛りとなって」

「なお喜びはまさる菊の酒」

「さあさあ、飲もう」

「さあ、飲もう」

美しい袂《たもと》を翻《ひるがえ》して舞う小姓の舞の引く手も差す手も月の光のように輝き、盃はめぐり、月の影もゆっくりと、幾久しく空を廻るのです。

「わが宿の
菊の白露《しらつゆ》今日ごとに
幾代《いくよ》積《つ》もりて淵《ふち》となるらん
（我が家の菊の葉に置く白露が、菊の節句ごとにたまっていくとしたら、どれくらい長い年月をかけて深い淵になるだろうか）

そのくらい久しく、君の代は尽きることなく、泉のごとく湧《わ》き出て、汲んでも汲んでも尽きることなく、いよいよ湧き出る菊水を飲めば、天上の霊酒・甘露《かんろ》もかくやと思うほど、心も晴れやかに飛び立つばかり。
夜となく昼となく続く楽しみは、栄耀栄華《えいようえいが》を極めたこのうえないすばらしさだ。この栄華の春は、有明《ありあけ》の月が空に残るがごとく、常盤《ときわ》に続くのだ」
盧生は喜びのあまり、もう座ってはいられなくなって、舞を舞い始めました。

月人男《つきひとおとこ》の舞なれば
雲の羽袖《はそで》を重ねつつ……

――私は、永遠《とわ》の国・月世界《げっせかい》に住む男。雲のように軽く、羽のように薄い袖を重ね合わせ、
喜びの歌を夜もすがら歌おう――
日がまた上り明るくなって、夜かと思えば昼になり、
昼かと思えば、さやかに月が照り、
春の花が咲くと思えば、紅葉が色濃くなり、
夏かと思えば、冬の雪が積もり、

眼前に四季折々の景色が同時に立ち現れ、
春夏秋冬《はるなつあきふゆ》、万木千草《ばんぼくせんそう》、いっせいに花開きます。
「面白い。まことに不思議だ……」
こうして時が過ぎ、月日が流れ去り、五十年の栄華も終わり、夢の中の出来事は、皆消え消えとなっていったのでした。

四

パシパシッ
扇で枕もとを打たれて目が覚めました。

「お客さん、粟《あわ》のごはんができましたよ。さあさあ起きてくださいな」

盧生は夢から覚めて、茫然《ぼうぜん》と身を起こしました。

(夢の中で大勢の女御更衣《にょうごこうい》の声だと聴いていたのは、吹き渡る松風の音。宮殿楼閣《きゅうでんろうかく》と見ていたのは、ただ邯鄲の仮の宿。栄耀栄華の続いた五十年は、一炊《いっすい》の夢。ただ粟飯を炊くほんのわずかな間のことだったのか……なんと不思議な、信じられない……)

盧生は膝《ひざ》を抱えて面《おもて》を伏せて考えました。

（人間というものは何なのだろう……人生百年の歓楽も、命が終わってみれば夢と同じ。今夢に見た五十年の栄華は、私にはこれ以上ないほどのものだった。栄華の望みも寿命の長さも、五十年の歓楽も、王位にまでついたのだから最高だった。それが、すべて夢だった。本当に何事も、一炊《いっすい》の……一睡《いっすい》の夢……）

盧生はその邯鄲の枕を見つめ、突然、膝を打って立ちあがりました。

「そうだ！　わかったぞ！　よくよく考えてみれば、迷いを脱しようと私の求めていた師は、この枕だったんだ。邯鄲の枕よ、ありがとう。この世は邯鄲の夢……一瞬の、夢の世なんだ！」

盧生は邯鄲の枕を両手で押し頂きました。

悟りを開く望みを叶えた盧生は、旅立ってきた故郷へと帰って行ったのでございます。

※1・菊の酒……周《しゅう》の穆王《ぼくおう》の寵愛《ちょうあい》する童子が過《あやま》って帝の枕をまたぎ山に流刑《るけい》にされた。憐《あわ》れんだ帝は経典の言葉を書いた枕を童子に賜《たま》わる。その経典の言葉を書き写した葉の露が妙薬となり、七百年以上も童子のまま生き続けたという故事より。

満次郎のここが面白い『邯鄲』

　自分の生きるべき道は何なのか？　存在の理由は？　人生に悩む青年盧生。宿の女将が仙人にもらったという、来し方行く末のわかる不思議な枕で微睡《まどろ》めば、夢中にはなんと、楚の国の皇帝になります。寝床であった場所は、その瞬間に宮殿に変わります。その夢の中で五十年の栄耀栄華を極めるも、走馬灯のように春夏秋冬が猛スピードで移り行き、寝床に吸い込まれるように走り飛び込んで夢醒めれば、それは粟の食事の炊けた間のこと、何事も「一炊の夢」と悟る。つまりは常に過ぎ去ってしまう「今」を大事に生き抜かねばならない、悩んでいる暇はないのだ、ということと理解しています。そして、羊飛山の賢人を訪ねることもなく、意気揚々と故郷へ帰っていく。そこも見逃さないでいただきたいと思います。

　留め拍子（終曲時に踏む足拍子）を踏み、演奏自体は終わっていても、そこから幕へ退くところに表現されるのです。能は舞台から誰も居なくなって本当に終わるのです。いや、さらには、お客様の余韻の続く限り終わっていないのです。

能の型　ユウケン

語源は「幽玄」。めでたい時、嬉しい時、心が晴れやかな時、悟りを開いた時、恨みが晴れた時など、主として喜びを表現する型。

心の有様を大きく表現するので胸の前からゆったりと行う。

藤戸

［ふじと］

四番目・男執心物

❖作者／不明（世阿弥か）　❖素材／『平家物語』巻十
❖登場人物／前シテ…漁師の老母（面深井）　後シテ…漁師の亡霊（面痩男または二十余《はたちあまり》）
ワキ…佐々木盛綱　ワキツレ…従者　アイ…盛綱の下人
❖場所／備前国、児島　❖時／早春（鎌倉時代）

そそる台詞

夢とぞ思ふ親と子の
二十《はたち》あまりの年なみ
かりそめに立ち離れしをも
待遠《まちどお》に思ひしに
またいつの世に逢《あ》うべき

氷のごとくなる刀を抜いて
胸のあたりを
刺し通し刺し通さるれば
肝魂《きもたましい》も消え消えとなるところを
そのまま海に押し入れられて
千尋《ちいろ》の底に沈みしに

藤戸合戦
源氏は藤戸の狭い海峡を渡れなくて平家を攻めあぐねていた
や〜い 渡れないだろう
平家軍
源氏の佐々木盛綱は馬で藤戸の浅瀬を渡ったのだ
盛綱は藤戸・児島の領主になる
ワキ：佐々木盛綱
えっ なにっ？
老女が訴え出た
前シテ：老女 面：深井
あなたは我が子を殺して海に沈めましたね
盛綱は漁師から浅瀬を教えてもらって藤戸を渡ったのだ
他の者にしゃべられるとマズイ
ぐさ ぐさ
いっそ私も殺してください
従者が老女を連れ帰る
恨みを言うのはもっともじゃ
しかし…殺したことは立派なご判断
アイ：下人
管弦を奏して漁師の霊の供養をしよう 7日間殺生禁断とする
亡霊が現れる
一切有情 殺害三界 不堕悪趣
怨みは尽きぬ 妄執を申さん ために来たり
後シテ：漁師の亡霊 面：痩男 黒頭
たたろうと思ったが思いがけずお弔いをしてもらい成仏できました

藤戸　ものがたり

一

源平の戦いで都を落ちていった平家一門のうち、平行盛《たいらのゆきもり》は五百余騎の兵を率い、備前《びぜん》児島《こじま》に城を構えました。源氏の追討軍はその城を攻め落とすべく、海峡を挟んだ本土側の藤戸《ふじと》に陣を構えたのです。波は激しく、水軍を持たない源氏軍は幅わずか五百メートルの海峡を渡るのが難しいため、攻め落とすのは困難と思われましたが、佐々木三郎盛綱《ささきさぶろうもりつな》は見事先陣《せんじん》を勤め、平氏軍を讃岐国《さぬきのくに》の屋島《やしま》へ追いやったのでした。

盛綱は、その先陣の恩賞に備前児島の領地を賜《たまわ》り、吉日を選び、領主として赴任することになりました。

「暮れてゆく
春の湊《みなと》は

知らねども
霞《かすみ》に落つる
宇治《うじ》の柴舟《しばぶね》

（過ぎゆく春はどこの湊に着くのだろう。宇治川の川面の霞の中を柴舟は下ってゆく）

寂蓮法師《じゃくれんほうし》はそんな歌を詠《よ》んでいるが、春の終わりに咲く藤の花が風になびくように潮が乱れ流れるここ、藤戸の渡りが、私の行き着く先なのだ。思えば長かった源平の戦も終わった」

盛綱はうららかな晩春の瀬戸の海に船を進めていきます。国は泰平で、波もおだやかな島々をめぐってゆくと、松の梢《こずえ》を吹く風ものどかに、本当に春らしい夜明け方です。船は順調に浦伝いに進み、盛綱の一行は、早や、藤戸の浦に着いたのでした。

二

新しい領主の最初の仕事として、盛綱はさっそく土地の者を集め、訴え事があれば何でも申し出でるようにと言い渡しました。

すると一人の老女が進み出て、盛綱を見るとさめざめと泣きました。

「私は年老いてなお、この藤戸で暮らしております。楽しかった昔のときが戻ってきたら、どんなにうれしいでしょうか」
盛綱は一体何事かと問いただしました。すると老婆は、主君に訴え事をするなどふとどきなことではないだろうかというように、面を伏せながらこう申しました。

「海人《あま》の刈《か》る
藻《も》にすむ虫の
われからと
音《ね》をこそ泣かめ
世をば恨《うら》みじ

——海人の刈る藻にすむ『割《わ》れ殻《から》』という虫ではないけれど、われから招いたことだと声をあげて泣いたとて、どうして世を恨んだりいたしましょう——そう古い歌にあるように、因果はめぐる車のようなもの。この猛々《たけだけ》しい人が我が子に与えた罰は、きっと前世の報《むく》いなのでしょう。そうだとしても、あまりにひどい。何の罪もない我が子を、どうして、海の底に沈めてしまったのです。なんと無常な……」

盛綱は老婆にそう嘆《なげ》かれて、

「我が子を波に沈めた恨《うら》みとは……さて全く心当たりがないが」

とつぶやきました。その途端、老婆はきっと顔を上げて、盛綱を睨《にら》みつけて言いました。

「心当たりがないだって？　私の子供をどうして波の底に沈めてしまったんだと訊《き》いているんだ」

「これ、声が高い。何事だ」

盛綱は周りの者を気にして制しました。

「ええい、あなたはまだ人に知られていないと思っているのか。包み隠さずその時の有様を話して菩提《ぼだい》を弔《とむら》い、この世に残された母親を訪ねて慰《なぐさ》めてくれるなら、少しは恨みの晴れることもあろうに。いつまで隠すおつもりか？　村人のうわさもしきりだと言うのに、どうして隠しおおせると思うのだ。

この世は束《つか》の間の仮の世。永遠に住み続ける事はできない。仮の宿りのこの世で、親子のかかわりとは何なのだろう。幻のような儚《はかな》いこの世にわが子は生まれ来て、死別すればその悲しみで来世までも親を縛《しば》り、苦しみの海に沈めるのだ。ああ、あなたは海の底に沈めた私の子供を、せめて弔ってくれてもよいではないか」

老婆は盛綱を見据《す》えて訴え続けましたが、やがて、

「どうか、供養《くよう》をしてやってください」

と泣き崩れたのです。

「……そうか、思えば、哀れなことをしたものだ。今は、隠し立てしようとは思わぬ。その時の有様を語って聞かそう。さあ、近くに来てお聞きなされ」

盛綱は老母に語り始めました。

三

「あれは、去年三月二十五日の夜のことであった。わしは浜の若者を一人呼んで、この海を馬で渡れる所がないかたずねた。すると、その男は、

『そうですね、川の瀬のようになるところがございます。それは、月の初めには東にあって、月の末には西にあるんです』

と教えてくれた。ありがたい。これは八幡大菩薩《はちまんだいぼさつ》のお告げだと思い、家来にも一切言わず、その男とただ二人、秘《ひそ》かに出かけて、浅瀬の様子をよくよく見届けた。わしは礼を言うて、若者と別れて帰りかけたが、ふと思うた……待てよ、身分の賤《いや》しい者は得てして、節操がないものだ。浅瀬のことを誰かに言うかもしれない。かわいそうだが……とその若者を捕まえ

て、一突き二突きと刺し通して、そのまま海中に沈めたのだ……その男が、あなたのお子であったのだな……何事も、前世からの宿命と思い、今は恨みをお晴らしなさい」

「それで、わが子を沈めたその場所は、一体どのあたりですか」

「あそこに見える、浮洲《うきす》の岩の少し手前の海の深みに、死骸《しがい》を深く隠したのだ」

「ああ、うわさと少しも違わぬ場所。あのあたりだと村人が言っていた」

「夜のことで、誰も知るまいと思うたが、そうはいかぬものだ。『好事門《こうじもん》を出《い》でず、悪事《あくじ》千里《せんり》を行く』とはこのことだ。良い事はなかなか広まらず、悪い事はすぐに遠くまで伝わるという言葉の通りだ」

「『親は千里を行けども子を忘れず』という言葉がある。あなたは、大切な子を私から奪った。これが一体、何の前世の報いだと言われるのか」

老婆は涙が溢《あふ》れるまま構わず、さらに言い募《つの》りました。

「『人の親の心は闇《やみ》にあらねども、子を思ふ道にまどひぬるかな』という古い歌のとおりだ。今こそ思い知った。もとよりこの世は定め無きもの。老少不定《ろうしょうふじょう》。老人が若者より先に死ぬとは決まっていないこの世。若い子供を先立てて、一人侘《わび》しく残る老鶴《ろうづる》の夢の中の出来事のように……親子で過ごしたこの二十年あまりの年月。あの子が少しの間どこかへ出かけただけでも、帰りを待ち侘《わ》びていたのに、今はもういつの世で会えるかもわからぬ。杖《つえ》とも柱とも頼みにしていたあの子がこの世を去った今、何を頼りに儚い命をつないでいこうか。生きがいもなく、生きていてもつらいばかりのこの母を、あの子と同じように、刺し殺して海に沈めておくれ。さもなくば、あの子を返せ。返してください」

老女が武者振りつくのを盛綱が払いのけると、老婆はその場に崩れ落ちて、人目も憚《はばか》らず伏《ふ》し転《まろ》び泣き叫びました。その正気を無くした有様は哀れで見ていられません。

「不憫《ふびん》なことだ。だが今は恨んでも甲斐《かい》のないこと。菩提を弔い、妻子があれば目を掛け引き立ててやろうから、ひとまず家に帰るがよい」

盛綱は、老女をいたわり、従者を呼んで、老婆を家に送らせました。

四

従者は老婆を優しく支えて立たせ、歩く道すがら、こう老婆を慰《なぐさ》めたのです。

「お婆さん、大丈夫ですか。ゆっくり行きましょう。今、お婆さんが御前で、様々恨み言を申し上げるのを聞いて、我等も涙を流しました。まことに、生まれて間もない子に死なれてさえ悲しいのに、育て上げて成人した子に先立たれ後に残された親の身を、嘆かれるのはもっともじゃ。さりながら、どんなに嘆いても、返らぬ事。ふっつりと思い切りなさるがよい。

盛綱様は、縁ある者は取り立て、亡き人は管弦《かんげん》を奏して厚くご供養するとおっしゃっていますから、それをかたじけないと思い、ひとまず家に帰って、ゆっくりお休みなさい……ほんに哀れなことだ」

従者は老婆を送り届けると、館への帰り道で独りつぶやきました。

「ああ、あの老婆が恨みを言うのはもっともだ。さりながら、我が主としても仕方のない事であった。なぜなら、その若者は身分が賤しい者なのだから、誰か他の者に説得されて仲間にされて秘密を語れば、盛綱様のお手柄にはならないのだ。だから、その若者を刺し殺して海に沈めたのは又とない立派なご判断であろう。そうなさったればこそ、御先陣をされ、御恩賞に預かり、御名を天下に挙げられたのだ……などと、独り言を言っている場合ではない。あの老婆を自宅へ送ったことを申し上げなければ」

従者は盛綱のもとに帰り報告しました。

「盛綱様、只今の老女を送って参りました」

「ご苦労であった」

「老女の言うことを聞くと、なるほど哀れだと、我等のような者たちも思わず涙を流しました」

「そうだ。お前が言う通り、あの老女の胸の内があまりに不憫であった。亡き男の霊を、管弦を奏して供養しようと思うので、奏者に来るように申せ」

「畏《かしこ》まりました」

「また、七日の間は浦々の漁師の網を引き揚げ、殺生禁断《せっしょうきんだん》とすると触れて参れ」

「心得ました」

従者は村に行ってお触れを出しました。

「皆々、お聞きなされい。ご領主様は、藤戸の浅瀬を教えた若者の霊を、管弦講《かんげんこう》を開いて、お弔いなさるとのこと。管弦の奏者は全員参上するように。また、七日の間、浦々の漁を休み、殺生禁断との仰せである。このこと、必ず心得おかれよ」

五

盛綱は従者を引き連れて藤戸の浦に出向き、波打ち際に仮寝して、自ら経を唱えるやら、管弦を奏させるやら、夜となく昼となく様々に弔い続けました。人生の苦海《くかい》を渡る知恵の舟が、自ずからとも綱を解いて彼岸《ひがん》にたどり着くようにと、盛綱は心を静め声を上げて祈りました。

「一切有情《いっさいうじょう》

殺害三界《さつがいさんがい》
不堕悪趣《ふだあくしゅ》……」

盛綱が海に向かって一心に『大般若経《だいはんにゃきょう》』を読み上げておりますと、明けていく海上に、よれよれの水衣《みずごろも》と腰蓑《こしみの》を付けて髪をふり乱した亡霊が、杖《つえ》を手に立ち現れてまいりました。

「ああ、忘れようと思えばなお辛い。いくらわが身が儚く定めないものであっても、悪事をして報いを受けるのならば、どんな重い罪でも仕方がない。だが、殺される理由など、私にはなかった。藤戸の浅瀬の道案内が三途《さんず》の川を渡る下調べになろうとは……」

盛綱は、その亡霊に気付きました。

「不思議なことだ。早や夜も明けようとする海上に怪しき人影の見えるのは、あの亡者が現れ出たのであろうか」

すると、亡霊は盛綱に向かって言いました。

「尽きぬ妄執《もうしゅう》を申そうとやって来た。あの夜、藤戸の渡りを教えよと重大なことを言われたので、岩波《いわなみ》の川瀬のような浅い場所をお教えすると、そのとおりにあなたは藤戸の浦を渡ることが出来た。それであなたは武名を上げたばかりか、昔より今に至るまで、馬で海を渡ったことは世にも珍しい事だと、この児島という島を恩賞に賜わったのだ。そんな喜びも、私が浅瀬を教えたればこそであろう。どのような報賞でも私に与えてよかったろうに、思いがけなく、私の命をお取りになられるとは、馬で海を渡るより、世にも珍しいことではないか。忘れようにも忘れられない……」

亡霊は苦悶《くもん》の表情を浮かべて、藤戸の海峡に浮かぶ浮州の岩を見やりました。

「あそこに見える浮洲の岩の上に私を連れて行って、あなたはこうやって氷のような刀を抜いて、この胸のあたりを刺し通し、もう一度刺し通した。息も絶え絶《た》え《だ》の私は、生きたまま海に押し入れられ、千尋《ちひろ》の海底に沈んでいった。おりしも海は引き潮で、私はその潮に引かれて、浮き沈み、埋《うも》れ木《ぎ》のように岩と岩の間に流れかかり、藤戸の水底の獰猛《どうもう》な龍神となったのだ。あなたを恨み、祟《たた》りをしようとやって来た」

怨霊は杖を振り上げ、盛綱に迫りました。

しかし、その間も、管弦講の音は絶えることなく、盛綱の大般若経を読誦《どくじゅ》する声は絶えなかったのです。

男の亡霊は、振り上げていた杖を降ろすと盛綱を見つめました。そうして、静かに合掌《がっしょう》しました。思いがけない盛綱の心からの弔いに恨みも消え、その魂は、衆生《しゅじょう》を彼岸《ひがん》へ送る御仏《みほとけ》の舟に乗ることができたのです。男は、使い慣れた棹《さお》をさしたり引いたりするうちに、生死《しょうじ》の迷いの海を離れ、願いのままやすやすと、悟りの世界である彼岸にたどり着き、一切の煩悩《ぼんのう》と苦しみの世界を離れて、成仏《じょうぶつ》の身となったのでした。

満次郎のここが面白い『藤戸』

藤戸の合戦で功名を上げた新領主、佐々木盛綱の晴れの入地の時、民の声を聴こうという場面に、さも恨めし気に恨み言を述べる年老いた女が現れます。「我が子を殺しましたね、息子を返せ！」と迫る女に、盛綱も最初は「大声で人聞きの悪い、うるさい！」と制していたものの、隠し通せるものでもなく、その経緯を語り始めます。この「語り」は『隅田川』の語りなどと同様にワキ方の「習い物（特別に許しを得て演ずる曲、または部分）」となっています。盛綱は誰にも見られず知る者はいないと思っていたのですが、やはり見た者が居たのです。「悪事千里を走る」と曲中にありますが、すぐに広まってしまったのでした。今は仕方なし、戦勝の為に口を封じたと告白するのでした。泣き崩れて盛綱の話を聞いていた母親は、やはり人から聞いた通りであったか、自分も同じように殺してくれと盛綱の傍に走り寄り、盛綱の刀を奪おうとしますが遮《さえぎ》られて臥《ふ》し転びます。せめてものことにと、殺した息子のあとを懇《ねんご》ろに弔う盛綱のもとに今度はその息子の霊が現れ、盛綱に恨みを抱きますが、弔いの有難さに心も穏やかに成仏していきます。犠牲になる者のことを権力者に突きつける、これも能の役目のひとつとなっている気がします。

綾鼓

［あやのつづみ］

四番目・男執心物

❖作者／不明（古作）　❖素材／不明

❖登場人物／前シテ…庭掃きの老人（面阿古父尉《あこぶじょう》または三光尉）　後シテ…老人の怨霊（面大悪尉《おおあくじょう》）

ワキ…廷臣　ツレ…女御（面小面）　アイ…従者

❖場所／筑前国、木の丸御所　❖時／晩秋

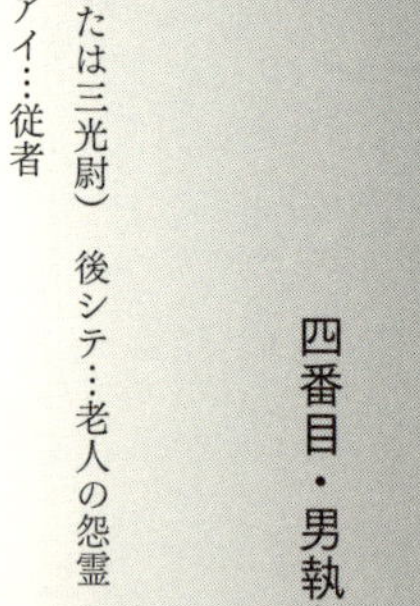

そそる台詞

さなきだに
闇《やみ》の夜鶴《よづる》の老《おい》の身《み》に
思ひを添ふるはかなさよ
時の移るも白浪《しらなみ》の
鼓《つづみ》は何《なに》とて鳴らざらん

恨《うら》みとも歎《なげ》きとも
言へばなかなかおろかなる
一念瞋恚《いちねんしんに》の、邪淫《じゃいん》の恨み
晴れまじや、晴れまじや
心の雲水《くもみず》の
魔境の鬼と、今ぞなる

天皇の女御に
ひと目惚れした庭掃きの老人
シテ　面：阿古父尉《あこぶじょう》
桂木にかけられた綾鼓
ツレ：女御　面：小面　天冠《てんがん》
鼓が鳴ったら姿を見せましょう
ワキ：廷臣
老人よ鼓をお打ちなさい
鼓は何とて鳴らざらん
打っても打っても音はしない綾を張った鼓なのだから
あの人の姿も見えずわが身を恨む
何のために生きているのか…
老人は池に身を投げた
女御の前に老人の怨霊が現れる
後シテ
面：大悪尉《おおあくじょう》 白頭
鳴るものか鳴るものか打ちて見給へ
怨霊は女御の胸に手をかけ、桂の池に引きずっていった
怨霊は女御を責め続けたのだ

綾鼓　ものがたり

一

筑前《ちくぜん》の国、木《き》の丸《まる》の御所《ごしょ》に、※1桂《かつら》の池※2という名高い池があり、そこではよく管弦《かんげん》の遊びが催されておりました。

さて、この御所に一人の庭掃《にわは》きの老人がおりましたが、女御《にょうご》の美しいお姿を一目見るなり心乱れ、恋に落ちてしまったのでございます。それは御所の人々の知るところとなり、やがて女御のお耳にも届きました。

女御は、恋は身分の上下を問わぬ習いであると不憫《ふびん》に思《おぼ》し召されて、お側に仕える廷臣を呼んで、こんなことをおっしゃいました。

「庭の池の桂の木の梢《こずえ》に鼓《つづみ》を掛け、その老人に打たせるがよい。もし、その鼓の音が御所の私の耳に届いたならば、もう一度、姿を見せましょう……そう伝えなさい」

廷臣は従者を呼ぶと、老人に急いで参上するようにと伝えさせました。

二

「ありがたい仰せでございます」

庭を掃いていた老人は、喜んで桂の池へとやってまいりました。

「空の月にも都があり、美しい桂の木が生えているそうです。こちらは、地上の池のほとりの桂の木。その枝に掛けた鼓をわしが打って音が出たその時は、女御様に会えるのですね。もう一目会えたなら、この苦しい恋心を静めることも出来るかもしれぬ」

ちょうど響いてきた夕暮れの鐘。

「鼓が鳴りさえすれば、その夕暮れに女御様と会えるのだ」

老人は時の移るのも知らず鼓を打ち続けましたが、一向に音を出しません。

「どうして鳴らないのだ。どうして！　ああ、心が千々に乱れる。闇夜《やみよ》の鶴のように思い迷う老いの身に、このような恋の苦しみまで与えられるとは。恋しいあまり流す血の涙で、粗末な衣の袖が赤く染まっていく……

忘れよう忘れようと思う心は、思い続ける苦しさよりなお苦しい。今さら何を思い忍ぶのだ。月日は飛ぶように流れゆき年はめぐり続け、ついには命の尽きる日が来る。それはどうすることもできぬ。世の無常は知っているのに、どうしてこんなにも思い惑うのだろう。ああ、眠りを覚ます時守《ときもり》の打つ鼓の音だ。あの時を知らせる鼓のように、この鼓も鳴るならば、待ち焦《こ》がれるあのお方の面影《おもかげ》が現れるのに……」

それが綾絹を張った鼓であったとは知らず、老人は力を入れて打ち続けました。鼓の音はまったく聞こえません。

そんなはずがあろうか。もしや、老いて耳が遠くなっているのではないかと耳を澄ますと、池の波の音と、窓を打つ雨の音ばかり聞こえて、鼓の音だけが聞こえないのです。

女御は、鼓が鳴らなければ老人は思いを断《た》って、自分への恋情を忘れるであろうと思ったのです。それなのに鼓の音も出ず、私も現れないのを老人は嘆き、まだ待ち続けているのかと驚き、戸惑いました。

老人は力を落としてその場に座り込みました。

「雨の夜に出もしない月を待つように、愛しい人を待ち続ける私の心は闇に閉ざされている。鼓さえ鳴れば、その闇を晴らすことが出来るのに。なぜ鳴らぬ！　今日か明日かと待っていたのに、もう幾月も経ち、あのお方は、夢の中にさえ現れない」

老人は女御の姿を探して、辺りを見回すのですが、そこに女御のいるはずもありません。

「これは一体どうしたことだ。雷《かみなり》でも、思い合った仲は裂けないと聞くのに。どうして、これほどまでに縁がないのか」

と慟哭《どうこく》するのです。

老人は、自分の報《むく》われない運命を嘆《なげ》き、女御のつれなさを恨《うら》み、こんなことでは、何のために生きろというのか、生きている甲斐《かい》はないと、ついに桂の池の水に身を投げてしまいました。

三

女御に仕える廷臣の従者は思いました。

「危ないとは思っていたが、死んでしまったとはさすがに哀れだ。爺《じい》さんの気持ちを思うと、私のような者でも涙が出る。桂の木に鼓を掛けて、それを打って音が出れば思いを叶えてやろうと言われて、喜んでまかり出て、綾絹を張った鼓とは露知らず必死に打ったのだ。普通の鼓でも、打ちつけない者が打ったのでは音が出ぬくらいだから、まして、綾の鼓など、はなから鳴るはずはない。身分違いの恋をやめさせる企《たくら》みであろうが、あの爺さんに遠回しな断り方など通用するまいよ……いや、こんな独り言を言っていても仕方がない。急いでご主人にお知らせしないと」

従者から報告を受けた廷臣は、女御に老人の死を告げ、供養を勧めました。

「ああいう者の執心はあまりに恐ろしゅうございます。ひそかに池においでになってご覧なさいませ」

お忍びでやって来た女御は、桂の池のほとりに立って言いました。

「聞いてご覧。あの波の音……鼓の音に似ているわ」

「え？」

「面白い鼓の音じゃないこと？」

「女御さま、お気を確かに」

「私がおかしくなったと言うの？　鳴りもせぬ綾の鼓を打ってみよと、あの老人に命じた時から、私はすでに正気ではなかったのだわ」

その時、桂の池にざわざわと夕波が立ち騒ぎました。その波の音に被《かぶ》さるように、たしかに打ち鳴らされる鼓の音が聞こえ、池の底から老人の怨霊《おんりょう》が立ち現れました。

「死んで池の淵の藻屑《もくず》となった老いの身が、執心の恨みと嘆きをおまえに語って聞かすためにこうしてまたこの世に戻ってきたぞ。

いや、そんな言葉では言い表せぬ。この怒りと憎しみの塊が晴れることなどありはしない。わしは水底の魔境の鬼となったのだ。募《つの》る思いを口には出さずにおこうと思ったが、鳴らぬ鼓を打てなどとなぜ言った！

心を遣い尽くして死ねということか！」

怨霊は木の間から差す月光に浮かび上がる綾の鼓を指し示しました。

「これが鳴るのか、鳴るというのか、打ってみよ。さあ打て」

怨霊は地獄の責め苦さながらに、女御の胸ぐらをつかんで引き回し、打ち杖を振り上げ責め苛《さいな》みました。綾の鼓は鳴るはずもありません。

「悲しい、悲しい」

と泣き叫ぶ女御の声が響くばかりです。

「思い知れ！　これでも懲りぬか、これでも！」

池のほとりの桂の木に掛けた鼓を、時を忘れて打ち続け精根尽き果て池の水に身を投げ、波の藻屑《もくず》と沈んだ身が、今死霊となって女御に憑《つ》き祟《たた》り笞《むち》打つのです。

桂の池の波もまた女御を打ち叩き、池は凍り、風が吹きすさび豪雨が降り、寒さに身が裂《さ》け血が噴《ふ》き出し流れ、大輪の赤い蓮《はちす》の花弁が開く紅蓮大紅蓮《ぐれんだいぐれん》の酷寒地獄《こっかんじごく》の身の毛もよだつ波の上にうねうねと躍《おど》り出た大きな鯉《こい》のような蛇と化し、冥途《めいど》の鬼でさえ、これほどまでとは思われぬほど醜い姿となって、

「ああ、恨めしや。恨めしや女御様」

と言いながら、恋の淵深く、ずぶずぶと沈んでいったのでございます。

※1 木《き》の丸《まる》の御所……朝倉宮《あさくらのみや》（現・福岡県朝倉《あさくら》市）にあった仮宮《かりみや》。白雉《はくち》一二年（六六一年）、斉明《さいめい》天皇は、百済《くだら》救済の援軍を送るために筑紫《つくし》に向かったがこの地で崩御。皇太子・中大兄皇子は斉明天皇を葬った地に丸木のままの質素な宮を造って喪に服した。急いで造られたため、丸木で建てたので、木の丸殿と呼ばれた。中大兄皇子は百済救援を続行するが、天智二年（六六三年）白村江《はくすきのえ》の戦いで、唐と新羅の連合軍に大敗することになる。

※2 桂の池……今は埋め立てられ、当時の面影はない。綾の鼓の伝説が残る。天智天皇の寵愛した橘姫《たちばなひめ》に実らぬ恋をした源太《げんた》という庭掃きの老人が池に身を投げて死に、橘姫も、毎夜源太の亡霊に苦しめられ気が狂い、やはり池に身を投げたと伝えられる。近くの福成《ふくなり》神社の隅に、源太と女官の墓と呼ばれる二つの石が置かれ、毎年四月十三日には、供養のお祭りがおこなわれている。

満次郎のここが面白い『綾鼓』

　叶わぬ恋の妄執を抱く男の能は少ないですが、この主人公の庭掃きの老人は、叶わぬ恋のみか、騙され笑いものにされた屈辱による怨みが凄まじいのです。「恋には身分の上下は無い」と言われ、姿を見せてもらえると

一時の幸福につつまれる老人が、いくら打っても鳴らぬ鼓を打たされ、驚き、悲しみ、怨みます。

　曲中では、布で作られた鼓を誰が作らせたかは不明ですが、片想い先の女御の仕業と思い、恥ずかしさと怒りのあまりに池に身を投げる激情型の老人。

　池の畔《ほとり》に出た女御は乱心し、

やがて老人の霊は怨霊となって現れ、女御の胸ぐらを掴《つか》んで鼓を打ってみろと責め立てます。

　老人の深い苦しみとやり切れない恨み。責められて泣き叫ぶ女御。恋の強さ、恐ろしさ、そして儚《はかな》さを目の当たりにする曲です。

鉄輪

［かなわ］

四、五番目・執心鬼女物

❖作者／不明（世阿弥か） ❖素材／『平家物語』劔の巻、巷説など

❖登場人物／前シテ…都の女（面鉄輪女または深井） 後シテ…鬼女〈女の生霊〉（面生成または橋姫）

ワキ…阿倍晴明 ワキツレ…下京の男 アイ…貴船の宮の社人

❖場所／前場…山城国、貴船の宮 後場…洛中、晴明宅 ❖時／秋

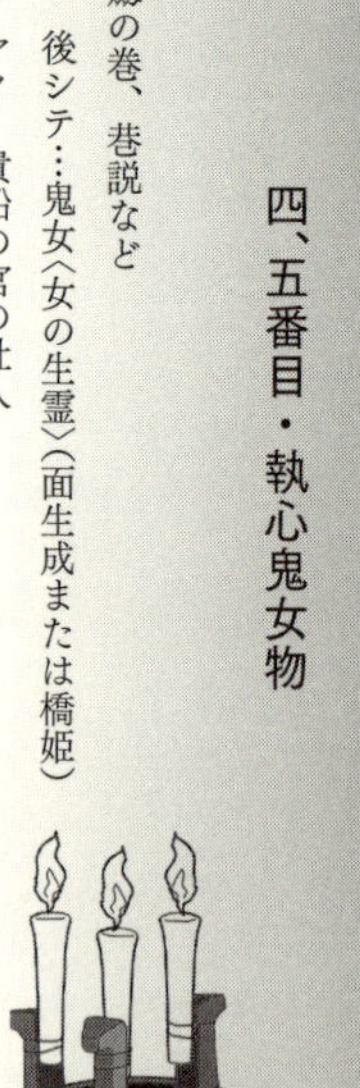

そそる台詞

げにや蜘蛛《くも》のいへに
あれたる駒《こま》は繋《つな》ぐとも
二道《ふたみち》かくるあだ人《びと》を頼まじ
とこそ思ひしに

恋の身の、浮かむ事なき加茂川《かもがわ》に
沈みしは水の、青き鬼
われは貴船《きぶね》の川瀬《かわせ》の蛍火《ほたるび》
頭《こうべ》に頂く鉄輪《かなわ》の足の
焔《ほのお》の赤き鬼となって
臥《ふ》したる男の枕に寄り添ひ

貴船神社で
丑の刻詣を
する女がいる
前シテ：都の女
面：鉄輪女
社人が女に
神託を伝えた
アイ：貴船の社人
鉄輪に火をともし頭にのせ
顔に丹を塗り赤い衣をまとい
怒る心を持てば
願いはかないますよ
神託を聞くと
女は髪の毛が逆立ち
気色変じて
恨みの鬼となった
私を捨てた男め
思い知るがいい
最近
夢見が悪い
ワキツレ
：別れた夫
女人の恨みを
かっています
今夜が最期と
見えます
ワキ：安倍晴明
陰陽師
祈祷する
晴明
女が鬼女となって登場
恨みの女の形代《かたしろ》の
髪を打ち据える
後シテ：鬼女
面：生成《なまなり》
鉄輪
いでいで
命を取らん
魍魎《もうりょう》鬼神は
穢《けが》らわしや
三十体の神が
鬼女を責める
鬼は消え失せた
生成は
角が半分飛び出していて
鬼になりかけている面だ

一

京の北の方角、鞍馬山《くらまやま》の近くにある貴船《きふね》神社の神主が、ある夜、不思議な夢を見ました。

『都から丑《うし》の刻詣《ときまいり》の女が来る。その女の願いを叶《かな》えてやろう』

というお告げです。神主は、夢のお告げを伝えようと、女を待ち受けておりました。

さて、京の都では、真夜中だというのに笠を深く被《かぶ》り、一人で歩いていく女がおりました。

「ああ、あの人に会えない日が重なっていくほど、ますます恋しい。ますます苦しい。貴船の宮に、さあお詣りしよう。

蜘蛛《くも》のいへに
あれたる駒は繋《つな》ぐとも

二道《ふたみち》かくる
あだ人を頼まじ

とある。
——たとえ荒れ馬を捕まえるような蜘蛛の巣があったとしても、もう一人の女のもとに通う男の心は捕まえておけやしない——と、古い歌にも、他に通う女のいる男など頼りにできぬとある。

それなのにどうして、あの男の、その場かぎりの、すぐ心変わりする言葉を信じて契《ちぎ》りを結んだのだろう。口惜《くちお》しい。私は愚《おろ》かだ、愚かだ、愚かだ。自業自得とわかっていても、悔《くや》しさで胸が張り裂けそうだ。裏切った男を呪《のろ》い殺したという橋姫《はしひめ》ゆかりの貴船神社に、お詣りせずにはいられない。貴船川へ急ぎましょう。どうぞ、あの世と言わずこの世で復讐《ふくしゅう》させてください」

女は、京から貴船神社まで毎夜、丑の刻詣に通っていました。そして、今夜はいよいよ満願の七夜目。

「馴《な》れ親しんだ夫婦の道は途絶《とだ》えて、代わりに通い慣れた丑の刻詣の道」

女は、人目を避けて夜の下賀茂《しもがも》の糺《ただす》の河原を通り、物思いに沈みながら、上賀茂《かみがも》のみぞろ池を過ぎ、生きる甲斐《かい》もなく消え入りそうに痩《や》せ衰《おとろ》えた体を引きずって、愛宕《あたご》の市原野《いちはらの》の露の置く深草をかき分け、月の昇らぬ真っ暗な鞍馬川《くらまがわ》の橋を渡り、やっとの思いで、貴船神社のふもとまでやってまいりました。

二

お告げを伝えようと待っていた貴船神社の神主は、笠を被った女が、息も絶え絶えに神社の長い石段を登って来るのを見つけて、この女に違いないと声を掛けました。

「これ、そこの丑の刻詣の女房殿」

「え?」

「お待ちしておりました」

「私をですか?」

「毎夜お詣りなさっておられる御祈願のことで、神様からお告げがございましたよ。鉄輪《かなわ》(火鉢の五徳《ごとく》)をひっくり返して、その足に火をくりつけて頭に載《の》せ、顔を真っ赤に塗って赤い着物を着て、強い怒りの気持ちを持てば、願いが叶うとのお告げです」

「な、何のことをおっしゃっているのかわかりません。人違いではございませんか?」

「いやいや、確かにあなたのことですよ。ややや、これは、そう言っているうちにも、なにやら恐ろしい様子になってきた。これはどうしたことだ」

恐れをなした神主は、その場から一目散に逃げ去ってしまいました。

女の漆黒《しっこく》の髪はうねうねと逆立ち、美しかったその顔はさらにゆがんでいきました。

「なんて不思議なお告げなのだろう。とにかく家に帰って、神様のお告げの通りにしなければ」

その時です。一天俄《にわ》かにかき曇り、雨が降り風が吹き雷鳴が轟《とどろ》き渡り、女は叫びました。

「稲妻のように、神も夫婦の仲を引き裂いたのだ。恨《うら》みの鬼になってやる！　思い知らせてやる！　私にこんな思いをさせたあの男に思い知らせてやるのだ！」

鬼の形相《ぎょうそう》となった女は、貴船神社の長い石段を転げるように下り、都への夜道をひたすらに駆《か》け戻って行ったのです。

三

一方、下京《しもぎょう》あたりに住まいする相手の男でございますが、どうも最近、夢見が悪く、毎夜うなされて飛び起きるありさまです。それで、陰陽師《おんみょうじ》として名を馳《は》せる安倍晴明《あべのせいめい》の所に出かけていって、占《うらな》ってもらうことにしました。

晴明は、男を一目見るなり慌《あわ》てる風もなく言いました。

「これはこれは。占うまでもなく、あきらかに女の深い恨みを受けておられる。あなたは、今夜の内にも取り殺されます。お心当たりはおありかな？」

恐ろしい言葉に、男はびっくり仰天《ぎょうてん》いたしました。

「はい、こうなれば、何を隠し立ていたしましょう。実は、古女房を離縁し、若い女を妻にして契りを結びました。もしや、そのようなことのせいでございましょうか」

「まさに、そのようなことのせいにお見受けいたします。別れた女の丑の刻詣の回数が積もるのが、ちょうど今夜。あなたの命も終わりになります。私の調伏《ちょうぶく》の加持祈祷《かじきとう》ではどうしようもありません」

「ええっ！　そんなこと仰《おっしゃ》らずに、ご祈祷、ご祈祷をお願いします！　本当に今日ここに来てお目にかかれてよかった。どうか、ご祈祷を！」

「しかたがない、なんとか命が助かるようにしてみましょう。早くお供《そな》え物をご準備ください」

「ありがとうございます！」

清明は、運命を転じかえようと、茅《かや》の人形を夫婦の大きさに作り、それぞれの名を書いてその中に籠《こ》め、三段の祭壇の周囲に注連縄《しめなわ》を張り巡《めぐ》らせ、四隅の柱に五色の幣《ぬさ》を立て、御神酒《おみき》やら洗米《せんまい》やらの供物を調《ととの》えると、幣《ぬさ》を振り押し頂き、一心に祈祷しました。

「謹上再拝《きんじょうさいはい》
それ、天開《てんひら》け、地固《ちかた》まってよりこの方、イザナギノミコト、イザナミノミコトが天上で夫婦の契りを結ばれて以来、夫婦の道は長く伝わっている。しかるに、魍魎鬼神《もうりょうきじん》が災《わざわ》いをなし、寿命を全《まっと》うさせず夫婦の命を取ろうとは、何事ぞ」
大社小社《たいしゃしょうしゃ》の天神地祇《てんしんちぎ》、仏《ほとけ》、菩薩《ぼさつ》、明王《みょうおう》、天童《てんどう》、九曜星《くようせい》、七星《しちせい》、二十八宿《しゅく》と諸々の神仏に、晴明は一心に祈ったのです。
すると、雷鳴が轟き、稲妻が光り、捧《ささ》げ持った幣がザワザワと音を立てて揺れ、身の毛もよだつ恐ろしい鬼女《きじょ》が現れ出ました。
「花は春雨《はるさめ》や暖かい風に咲き、春の暮《くれ》の風に誘われて散る。月は東の山から上り間もなく西の山に沈む。世の中の無常、かくの如し。因果は車輪の廻るが如し。私につらい思いをさせた者に、たちまちのうちに報復してやるぞ。
恋《こい》の身の、浮かむ事なき加茂川《かもがわ》に
沈みしは水の、青き鬼
われは貴船の川瀬《かわせ》の蛍火《ほたるび》

頭《こうべ》に頂《いただ》く鉄輪の足の
焔《ほのお》の赤き鬼となって
臥《ふ》したる男の枕に寄り添ひ

――恋に身を沈め、浮かばれず、加茂川ならぬ地獄に堕ちた者は青い鬼になるという。われは貴船の川瀬の蛍火。頭に被りたる五徳の足に火をともし、焔の赤い鬼となって、お前の枕元に寄り添おうか――ああ、恨めしい！　夫婦の契りを結びし時は、玉椿《たまつばき》や双葉《ふたば》の松のように千代に八千代に、心変わりなど決してせぬと思うた。なのにどうして、私を捨てた！

ああ、恨めしい」

鬼女は泣き伏しました。

「捨てられて、恋しく悲しく恨めしく、寝ても起きてものたうちまわる……この苦しみを思い知るがいい！　おまえの命も、もはやこれまで。哀れなものよ。

悪《あ》しかれと
思はぬ山の峯《みね》にだに
生《お》ふなるものを

人の歎《なげ》きは

――そう和泉式部《いずみしきぶ》も歌っているように、憎からず思いあう仲でさえ、嘆きは生まれる。まして この幾年、つらい思いに沈み恨みを重ねれば、われが執心の鬼になるのも当然であろう」

鬼女は女の茅人形の方に近づいて叫びました。

「さあ、命を頂戴《ちょうだい》するぞ」

鬼女は、杖を振り上げ、女の茅人形の髪を手にからめて引き据《す》え、メッタ打ちに打ち叩きました。

「死ね！　死ね！　この世で懲《こ》らしめてやる。悔しいか！　思い知れ！」

そして、今度は男の茅人形の枕元にたち、叫びました。

「だが、何よりも恨めしいのは、お前だ！　裏切り者！　この男を連れ去ろう」

するとその時、祭壇に法華経《ほけきょう》を守護する三十神が現れて鬼女を責めたてたのです。

「穢《けが》らわしい魍魎鬼神《もうりょうきじん》よ立ち去れ」

「ひどい！　腹立たしい！　なぜ恨めしく思う夫の命を取らせてくれないのだ！　どうして

私が神々の責めを被《こうむ》るのだ！」

女は神々に責められて、悪鬼の神通力も失せ、力も弱り、ついに打ち杖を取り落としました。

「今日のところは帰ってやるが、このままで済むと思うな！」

そう言う鬼女の声が、はっきり聞こえました。けれどもその姿は、どこともしれず消え失せて、目に見えぬ鬼となってしまったのでございます。

満次郎のここが面白い『鉄輪』

人目を忍びつつ、毎夜、遠路を貴船に詣る都の女。自分を棄ててよその女と夫婦になった事を、どうしても許せない女。遂に願成就して神の告が下り、社人から告を知らされますが、みるみる様相が変わる場面、もちろん面はそのままですが笠を投げ捨て走り去る様は既に鬼へと変化し始めているのです。きっと形相が変わるのを感じられる事でしょう。

よその女に走った夫ではなく、相手の女に怨みが向けられる事が多いのですが、本曲は元夫に「命は今宵ぞ」と、命を奪う事を宣言します。有名な陰陽師・安倍晴明がワキですが、貴船神の援護を受けた女に対抗するため、夫の象徴として烏帽子、新婦の象徴として鬘《かつら》を祭壇に供え神々に祈ります。

頭に鉄輪台、その先にろうそく、赤く顔を塗り、赤い着物を着て怒りの心を持てとの告を守り現れた女の恐ろしい様。髪を手にから巻いて女を打ち据える形相。しかし、祭壇から現れた神々に責め立てられ力を失います。この場は退散しても諦めないと言い放って消える女の後ろ姿には恐ろしさ凄まじさ、そして何より哀しみが滲《し》み溢れています。

海人（海士）［あま］

五番目・菩薩物

❖作者／不明（世阿弥以前の古作、金春の節とも言われる）　❖素材／『志度寺縁起』『日本書紀』など
❖登場人物／前シテ…海人（面深井）　後シテ…龍女（面泥眼）　ワキ…房前の従者
子方…房前大臣　ワキツレ…房前の従者
❖場所／讃岐国、志度津　❖時／早春（六九三年頃）

そそる台詞

一つの利剣《りけん》を抜き持って
かの海底に飛び入れば
空は一つに雲の波
煙の波を凌《しの》ぎつつ
海漫々《かいまんまん》と分け入りて……

あの波のあなたにぞ
わが子はあるらん
父大臣《ちちだいじん》もおはすらん
さるにてもこのままに
別れ果てなん悲しさよと
涙ぐみて立ちしが
また思ひ切りて手を合わせ…

讃岐《さぬき》の志度《しど》の浦
子方：藤原房前《ふさざき》
亡き母の追善供養を行いたい
ワキ：従者
浜辺を海人が通りかかる
前シテ：海人《あま》
面：深井
海藻
鎌
そういえば昔宝珠を取り返した海人がいましたよ
藤原不比等《ふひと》の妹が唐の后になったとき高宗皇帝から贈られた宝珠「面向不背《めんこうふはい》の珠《たま》」が龍王に奪われた
不比等は海人とねんごろになって子供が産まれた
私が宝珠を取り返します
かわりに子供を世継ぎにしてください
玉之段
海人は宝珠を取り返す
乳房を掻き切り珠を隠した
血の匂いを忌み龍王は近づけない
海人は引き上げられるが死んでしまう
私こそあなたの母海人の幽霊
房前が読経すると龍女が現れた
後シテ：龍女
面：泥顔
龍戴
ありがたの御とむらいやな
房前の功徳のおかげで海人は龍女になり成仏する

海人　ものがたり

一

時の大臣・藤原不比等《ふじわらのふひと》の世継ぎ、藤原房前《ふじわらのふさざき》は今年十三才になり、物心つく前に亡くした御母の追善《ついぜん》のため、はるばる讃岐《さぬき》の志度《しど》の浦《うら》を訪ねてまいりました。

「ここが、母上が亡くなられたという志度の浦なのだな」

房前が眺めておりますと、たそがれ時の浜辺に家路をたどるらしい女が通りかかりました。手に鎌と刈り取ってきた海草を持っております。

「讃岐の志度の浦のありがたいお寺の近くに住みながら、仏の道を求める心もなく殺生《せっしょう》を生業《なりわい》として生きている、その名もあまの里に住む海人《あま》です。伊勢《いせ》の海人のように、伊勢神宮の内宮外宮《ないくうげくう》の山の月の出を楽しみ、浜荻《はまおぎ》の風に秋を知ることもなく、須磨《すま》の海人のように、塩を作るために焚《た》く薪《まき》に桜の枝を折り添えて春を感じることもなく、この浦は何の慰《なぐさ》めもない名ばかり縁のあるあまのの里。花の咲く草もなく見るものもないのだから、海松布《みるめ》でも刈ることにしましょう。海松布と違い、蘆《あし》は刈らなくても流れ込む川が海に運んでいく。その流れ蘆のように、流れに身をまかせ世を渡るのは海人の仕事。心ないとは言えますまい。さあ、あまのの里へ帰りましょう」

房前の従者がその女に問いかけました。

「おい、そこの女、おまえはこの里の者か」

「はい、この浦の海人でございます」

「では、このお方のために、水底の海藻を刈り取ってさしあげろ」

「おいたわしい。旅の疲れで飢えておいでになりますか。我が住む里とはいえこのような田舎の果てに、都の殿上人を見るとは不思議なことです。この海藻は海松布といいます。お召し上がりください。刈らなくても、丁度さっき採ったのがこの籠《かご》にございます」

「いやいや、そうではない。海藻が邪魔で、水底に映る月がよく見えないとおっしゃっておいでなのだ」

「まあ、風雅な。そういえば、昔も同じようなことがありました。この沖で宝珠が龍神に奪われた時、水底に潜《もぐ》って取り返したのも、この浦の海人でございました。

天満《あまみ》つ月も満汐《みちじお》の

海松布をいざや
刈ろうよ

空は満月の光に満ち、潮も満ちてきました。さあ、海松布を刈りとって参りましょう」

二

海に潜ろうとする海人を引き留めて、従者はたずねました。

「待ちなさい。宝珠を、この浦の海人が海の底から取り戻したと申すのか」

「はい、あちらに見えます集落は、あまのの里と申しまして、その宝珠を取り上げた海人の住んでいた浦里でございます。またこちらの島は宝珠を取り上げて初めて見た島なので、新しい珠《たま》の島と書いて新珠島《しんじゅじま》と呼んでおります」

「その宝珠の名はなんと申した」

「はい、それが、珍しい珠で、透き通った珠の中にお釈迦様の像が入っていて、どこから見てもお顔のほうが見えるようになっているので『面向不背《めんこうふはい》の珠《たま》』と名付けられておりました。今の大臣の藤原不比等様の御妹は、唐の高宗《こうそう》皇帝に嫁がれました。その時、皇帝は藤原氏の氏寺である興福寺に三つの宝物を贈られました。『華原磬《かげんけい》』という楽器、『泗浜石《しひんせき》』という硯《すずり》、そして、『面向不背の珠』です。それを都に運ぶ途中にその宝珠だけが、この沖合で、海の底の龍宮に持って行かれてしまったのです。それで、不比等様はお忍びでこの浜に来られて、浜の貧しい海人の乙女と親しくなられて契《ちぎ》りを結び、一人の御子を授かりました……その御子が、今の房前の大臣だということです」

その時、少年の澄んだ声がしました。

「これ海人よ、私こそその房前なのだ。あなたには親しみを覚えます。もっともっと話して聞かせて下さい。大臣不比等の子に生まれ、藤原一門の繁栄を受け継ぐと約束された身の上であるけれど、心にかかるのは、自分は生き残って母を知らぬこと。あるとき、側近の者が、私の母は讃岐の志度の浦の房前という所の人だとそっと教えてくれた。それ以上は恐れ多いことであると言葉を濁《にご》して詳しく話してくれなかったが、さては私は、賤《いや》しい海人の子なのだとわかった。しかし、たとえ身分の低い女であったとしても、その胎内にしばらくの間宿してくれたのは慈雨のような母の恵みであると思い、こうして訪ねて来たのだ」

涙を流す房前を見て、海人の女は申しました。

「何と優しいお言葉でしょう。あなたのような貴いお方が、賤しい海人のおなかに宿ったのも、きっと前世のご縁でございましょう。海人はその宝珠をみごと取り戻したのです。実は私も、その海人の子孫で……などと、口に出すのは恐れ多いこと。藤の花咲き誇る藤原の一門にゆかりのある者ですなどと言って、あなたのお名を汚すようなことはできません」

従者は驚いて言いました。

「子孫であれば、その宝珠を取り戻したときの様子を詳しくお伝え申しなさい」

海人の女はそう促されて、物語り始めました。

三

「その海人は、不比等様にたずねたそうです。

『もし、その宝珠を取り戻して来たら、私と不比等様の間に生まれたこの子を、藤原家のお世継ぎにしてくださいますか?』

不比等様は、

『勿論《もちろん》だ。約束する』

と仰せになりました。だから、決心したのです。わが子のためなら命を捨てても惜《お》しくはないと。それで、海の底まで届く長い縄を腰に結びつけて、

『もし玉を奪い返したらこの縄を揺り動かします。その時は皆で力を合わせて私を引き上げ

てください』

と頼んで、よく研《と》いだ小刀を持って、海底を目指して飛び込んだのです。

空の雲と海の波が一つに溶け合う水平線の、煙る波間をくぐりつつ、海中深く分け入って、どこが海底とも見えぬ深みへと下りていきました。

やがて龍宮が見えてきました。玉をちりばめた高さ三十丈の塔の中にその宝珠を安置して、香《こう》や花を供えて八大龍王《はちだいりゅうおう》が守護しています。そのまわりに恐ろしい鰐《わに》や悪魚が口を開けて泳ぎ回り、とても生きて帰ることは出来ないと悟《さと》りました。

さすがに恩愛の情に惹《ひ》かれて、住み慣れた浦里が恋しい、あの波の向こうにわが子はいる。あの方もいるだろう。このまま、会えずに死んでいくのは悲しい……と涙ぐんで立ちすくんでいましたが、思い切って手を合わせ、

『南無志度寺《なむしどじ》の観音菩薩《かんのんぼさつ》様、われに力を与えたまえ』

と唱えると、小刀をかざして龍宮の中に飛び入りました。

まわりの鰐や悪魚が驚き、ぱっと散った隙《すき》に、宝珠を盗み取り逃げていくと、宝珠を守護していた龍王たちが追ってきました。かねて計画していた通り、手にしていた剣を取り直し、乳房の下を掻《か》き切り、宝珠を押し込んで剣を捨ててその場に伏しました。龍宮では死人の血を忌《い》み嫌うので、近づいてくる悪龍はいません。そこで縄を動かして合図をすると、地上の

者たちは、珠が見つかったらしいと喜んで、縄を引いたのです。

そうして引き上げてみますと、海人は血だらけで体はズタズタに引き裂かれていましたので、不比等様も、宝珠を取り戻せないばかりか海人の女も亡くしてしまうとお嘆《なげ》きになりました。

その時、海人は息も絶え絶えに、

『わたしの乳房の下のあたりをご覧ください』

と申しました。なるほどそこには剣で掻き切った痕《あと》があり、中にはあの宝珠が燦然《さんぜん》と光り輝いていたのでした……それで、あなたは約束通り、藤原家の世継ぎとなられて、この浦の名を取って房前の大臣と呼ばれるようになったのですよ。今はなにを隠しましょう。私こそあなたの母、その時の海人の幽霊なのです」

そのうち、夜が白々と明けてきました。

「夜の夢でだけ会うことの出来る幽霊の身の悲しさ。あなたとの親子の縁は、儚《はかな》いものでありました。どうぞ、この手紙を読んで、私の菩提《ぼだい》を弔《とむら》ってください」

そう言うと海人の幽霊は、波の底に沈んで行きました。その手紙には、『死後十三年、死骸は浜の白砂に埋まり、弔う者もない。どうか、暗闇に閉ざされた冥途《めいど》の迷いから救ってください』とあったのです。

四

房前は志度《しど》の寺で花を供え妙法蓮華経《みょうほうれんげきょう》を読経《どきょう》し、心をこめて、母のために追善の供養をなさいました。

「寂寞無人声《じゃくまくむにんじょう》……」

すると、波の間から、龍女《りゅうじょ》となった海人の亡霊が立ち現れて、房前にこう語りかけました。

「ああ、なんとありがたいお弔いでしょう。このお経の功徳《くどく》で、五つの大罪を犯した提婆達《だいばだっ》多《た》は成仏して天王如来《てんのうにょらい》になるお許しを頂き、またある幼い龍女もけがれない浄土に生まれ変わることが出来たといいます。どうぞ続けてお読経をしてください」

深達罪福相《じんたつざいふくそう》　遍照於十方《へんじょうおじっぽう》
微妙浄法身《みみょうじょうほっしん》　具相三十二《ぐそうさんじゅうに》
以八十種好《いはちじっしゅごう》　用荘厳法身《ゆうしょうごんほっしん》

天人所戴仰《てんにんしょだいごう》　龍神咸恭敬《りゅうじんげんくぎょう》

（仏は衆生の罪と福の本質を深く見極められ、あまねく全世界を照らし、その美しく清らかなお姿は、三十二の相貌、八十種の特徴によって法身を飾る。天人や人間は仰ぎ申し上げ、龍や鬼神も皆、恭《うやうや》しく敬《うやま》い奉《たてまつ》る）

法華経《ほけきょう》の経典を手に、声を合わせていた龍女は、巻物を房前に手渡すと、颯爽《さっそう》と舞を舞いました。

天龍八部《てんりゅうはちぶ》　人与非人《にんよひにん》
皆遥見彼《かいようけんぴ》　龍女成仏《りゅうにょじょうぶつ》

（天龍八部という仏法の守護も、人も、人であらざる者も、皆遥《はる》かにその龍女の成仏するのを見た）

「今私は、このありがたいお経の言葉そのままに、海人から龍女となり、そして成仏《じょうぶつ》することができました。ひとえにあなたの母に対する供養のおかげです」

龍女は房前に向かってそう言うと、波の彼方《かなた》へ消えていきました。

人々は、この寺を讃州志度寺《さんしゅうしどじ》と名付け、朝夕勤行《ごんぎょう》の絶えることはありませんでした。こうしてこの地は、仏教の霊地となったのです。

満次郎のここが面白い『海人』

玉取り物語として昔より語られた話。藤原淡海（不比等）は権勢を誇っていましたが、中国高宗皇帝との外交政策として妹を嫁がせ、返礼の宝物の一つ「面向不背珠《めんこうふはいのたま》」が海に沈んだ事で国交問題になるのをおそれたのでしょう。

珠を龍宮から取り戻す条件に淡海との間にもうけた一子を後継にする約束を取り付けた海人は、我が子のために己の命を落とす覚悟で海中に飛び入ります。ここは「玉之段」という、型も謡も抜群に面白い場面。たまたま藤原房前大臣の前に現れた海人が仕方話（一人で様々の場景を語り舞う事）に舞語ります。

一度はわずかに躊躇《ためら》う場面もありますが、思い切り志度寺観音に手を合わせて潜る海人。見事珠を取り戻すも、致命傷を受け絶命する海人。そして、それこそ亡き母と知る子の藤原房前。前場は大きな魅せ場が続きます。

後場、龍宮の悪龍の手に掛かり亡くなった母の霊が、龍女となって現れるので少し混乱しそうですが、これは弔いを受けた母が成仏する過程として龍女になる事を意味しています。

満次郎コラム

宇宙観について

「なんとなく背筋が伸びる能楽堂」……

ある小学生が詠《よ》んだ句ですが、この「なんとなく」は大事な感覚ではないでしょうか。能舞台の佇《たたず》まい、檜《ひのき》の舞台がそう感じさせたのかもしれません。

現在、能舞台がすっぽり建物の中におさまる能楽堂は、全国に約八十カ所あります。江戸時代以降は、三間（約六メートル）四方の舞台の周りに、ワキ座、地謡座《じうたいざ》、囃子《はやし》方や後見《こうけん》の座がある後座（板目が横向きなので横板とも）に、横に伸びる橋掛《はしがか》り、揚幕《あげまく》という形態になっています。

後座の壁面は鏡板と呼ばれ、舞台正面にある老松が映っているという意味で、この老松は春日大社の「影向《ようごう》の松」をモデルとしています。神が降臨した依代《よりしろ》で、その神に向かって神事や能や他の芸能を行った由来に根を持ちます。

実は世阿弥時代より遥か六百年以上前から能は存在しますが、その頃は舞台とも言えないような盛土であったり、芝生であったり、せいぜい板を敷いただけのもの、橋掛りも無く……という様な大らかで、しかし祈りの芸能色は強かった舞台空間でした。

江戸幕府の式楽《しきがく》となって各地の城内に能舞台を作るようになり、統一性も要求され舞台を含めた形式化が一段と進んだと思われます。その決まりきった能舞台の形状で、如《い》何《か》に精神性を失わず、演出や演技・演奏の技術を高めるか、普通なら至難の業《わざ》と思われますが、能本来の持つ「宇宙観」が解決し、更に能の魅力を増していったのだと思います。日本を含めて世界中の全ての芸能よりも、この観念を持ち合わせていると考えています。緞帳《どんちょう》のない舞台、テレビや映画のない時代、セットというものも基本的には使わない、しかし、能舞台は様々な空間を生み出します。それは「小宇宙」とも言える空間で、ほんの少し歩むだけで、遠い距離を移動したり時空を超えたり、神界、霊界、地獄までも巡《めぐ》ってしまいます。

近代に至るまで、一幕の内において、世界中の演劇が「時・場所」というものを変えることをしなかった中に、能は大昔に、それをやってのけたのでした。能はセットを使用しないことによって、自由に様々な時空間に移動することを可能にする、という手法を取っているのです。

能の宇宙観は舞台上のことばかりではありません。特に室町時代に華道、茶道、書道など様々な芸術文化に影響を与えた宇宙的観念の「序破《じょは》急《きゅう》」原理は、成り立ちからして、すんなりと能に取り入れられたことでしょう。

朝の清々しい時に「神」の能、陽が昇る勢いに合戦《かっせん》物の「男」、昼間の陽射しの中に最も幽玄な「女」の能、陽が翳《かげ》りゆく時に劇的な「狂」、陽の沈む時には「鬼」の物という具合で、その曲柄の順番は、今日も守られています。

能が如何に森羅万象に身を置き宇宙的であるか、是非「生」の舞台をご高覧の上、見抜いて頂きたく存じます。

流儀について

能楽師には謡《うたい》と演技を担当するシテ方・ワキ方・狂言方《きょうげんかた》と、伴奏を担当する囃《はや》子《し》方《かた》（笛方・小鼓方・大鼓方・太鼓方）があり、これら七つの役割について全部で二十四の流儀があります。それぞれの流儀によって、演出や能面、衣装などに工夫を凝らしています。

役職		流儀	主な役目
シテ方		観世《かんぜ》　金春《こんぱる》 宝生《ほうしょう》　金剛《こんごう》　喜多《きた》	シテ、シテツレ、子方を演じる 演出全般を取り仕切る 地謡を担当する 作り物を作製する
ワキ方		高安　福王　宝生	ワキ、ワキツレを演じる
囃子方	笛方	一噌《いっそう》　森田　藤田	能楽の囃子を担当する
	小鼓方	幸《こう》　幸清《こうせい》　大倉　観世	
	大鼓方	葛野《かどの》　高安　石井 大倉　観世	
	太鼓方	観世　金春	
狂言方		大蔵　和泉《いずみ》	能のなかでアイを演じる 独立して狂言を演じる 狂言の地謡を担当する

面について

能は仮面劇と言われますが、登場人物すべてが面（オモテと読みます）を付けるのではなく、ほとんどの場合は主役のシテが付け、ときにはツレやアイ狂言で付ける曲目もあります。また、シテが面を付けない役柄もあり、その場合は「直面《ひためん》」と呼ばれます。

さまざまな面があり、分類方法もいくつかありますが、およそ以下の種類に分けられます。

◉能面

翁《おきな》……『翁《おきな》』という曲目で翁に使う白式尉《はくしきじょう》、三番叟《さんばそう》（三番三）に使う黒式尉《こくしきじょう》、特殊演出時に使う父尉《ちちのじょう》と延命冠者《えんめいかじゃ》（『鷺《さぎ》』に使われることもある）がある。

老人（尉《じょう》）……小尉《こじょう》・朝倉尉《あさくらじょう》・三光尉《さんこうじょう》・笑尉《わらいじょう》などがあり、通常、口髭《くちひげ》を植毛している面は人間的な役柄に使い、書き髭の面は神的・霊的な役柄に用いる。

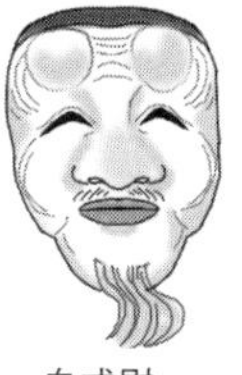
白式尉

黒式尉

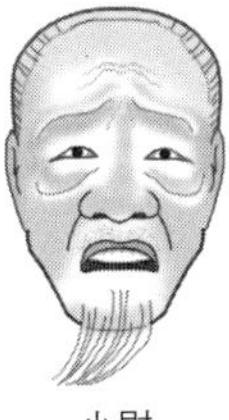
小尉

女性……若い女性の小面《こおもて》・孫次郎・増《ぞう》、中年女性の深井・曲見《しゃくみ》、老いた女性の姥《うば》・老女など、年齢や性格などによって細分化され、種類が豊富。

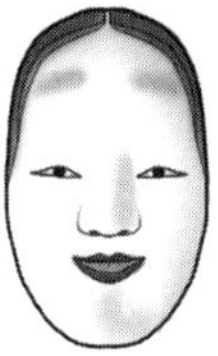
小面

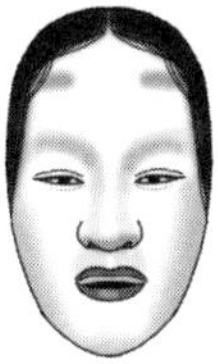
泣増

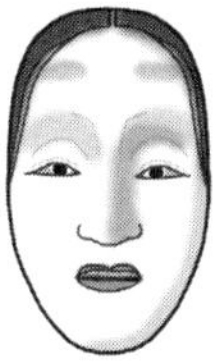
曲見

男性……平家の公達《きんだち》などに用いられる中将《ちゅうじょう》、源氏の武将などに用いられる平太、永遠の若さを象徴する童子《どうじ》、前髪に特徴のある喝食《かっしき》などがある。

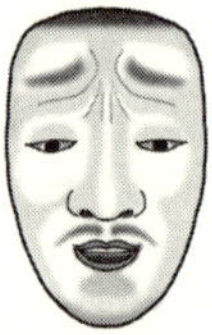
中将

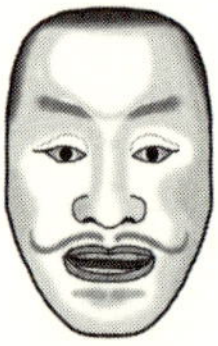
平太

童子

鬼……恐ろしい形相をした顰《しかみ》、雷神や動物の精などの飛出《とびで》、獅子を表す獅子口《ししぐち》、龍神を表す黒髭《くろひげ》、他にも癋見《べしみ》などがある。

怨霊……男の怨霊には怪士《あやかし》・痩男《やせおとこ》、女の怨霊には般若《はんにゃ》・泥眼《でいがん》などがある。

大飛出

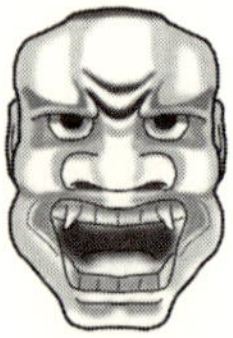
獅子口

顰

黒髭

般若

◉狂言面

おかめのような乙《おと》、鬼に使う武悪《ぶあく》のほか、狐・猿など動物に使う面、様々な役に使う賢徳《けんとく》などがある。

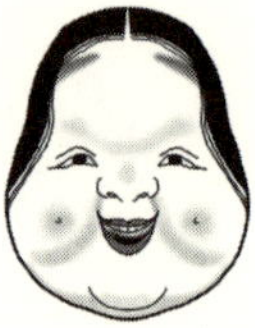
乙

武悪

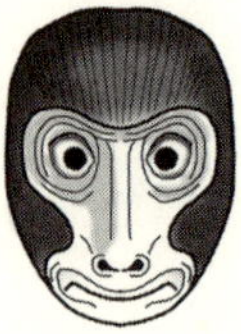
猿

監修のことば

辰巳満次郎

巷《ちまた》には、能の解説本や事典的な優れた本、絵本・マンガ本などが数多《あまた》出てきました。能を本業とする者にとっても大変嬉しく有難い事です。色々と勉強させていただいたり、楽しませていただいたりしております。

折しも本書の監修をさせていただくことになりましたが、この本は所謂《いわゆる》、これまでの解説本や手引き本とは似て非なるものです。

最も特徴的なのは、曲のあらすじを紹介するのではなく、能のものがたりを書いている事です。能の原文（謡・詞章）にも忠実に、さりとて単なる対訳ではありません。監修としては、自身の流儀である宝生流を基本に、他の流派とも出来る限り共通する演出内容になる事を心掛けました。

筆者の村上ナッツさんは、本書の二〇番すべての能をご覧になられたうえで書かれており、物語としての能を感じていただく、というコンセプトに於《お》いて、脚本家としての腕前を充分に発揮されています。読者の皆様は、きっと能の世界に惹《ひ》き込まれることでしょう。

また、写真は一切使わず、つだゆみさんが全てにおいてマンガとイラストを描かれています。これについても実際のデザインを参考に、能面にしても装束にしても基本から外れることのないように描いていただきましたが、マンガならではの面白みやアレンジについては、つださんにお任せしました。写真とは違ったイメージの膨《ふく》らみがそこに在ります。大らかに御覧ください。

本書で曲を実感してから能をご覧になれば、本当に良く解り、イメージも更に広まり、舞台を楽しんでいただく事が出来るものと考えております。

加えて、実際の能舞台を、より楽しんでいただく為の基礎的な知識編として、能舞台や五番立《ごばんだて》、面《おもて》、役柄や流儀等についての解説も付いています。

また、僭越《せんえつ》ながら、能の歴史や世界観をコラムに致しました。その中には学術的先学によるものばかりでなく、能役者として伝えてきたもの——伝書・口頭での大事な伝承であったり、師から教わり身についたことなど——を基に書かせていただいております。「師伝」には、技術的なものの他に精神的な教えを受けるのは言うまでもありません。

能を知り楽しむためには、単にストーリーが解るだけでは物足りません。能の持つ本質的なもの……「精神性」「文学性」「芸術性」を理解すれば、大きく楽しみは膨らみます。文中には無くとも、物語の裏に隠された事柄、サインなどを知っていれば、それらに思いを馳《は》せることによって、より深く感じることが出来ますし、益々興味も深まるでしょう。

ここ十五年ほどは、「和文化」に対する興味を持たれる方が増えました。専門家による講座や教室は勿論のこと、グループやサークルも今までより多くなったと実感します。とても嬉しい限りです。自国の文化に興味を持ち嗜《たしな》むのは当然の様でも、これまでは忙しい日本人にとって余裕もなかったのでしょうか。生活の多様化によるものでしょうか。そんな理由もあるのでしょうが、やはり身近な大人が子どもたちに伝えていくべきと思います。さりながら家庭において誰しもがそういう環境を持つことも難しいでしょう。ならばやはり、教育の場で是非お願いしたいと思っています。「日本文化」というような授業が週に一度でもあり、古典から現代までの日本が誇る文化を学び、自国の文化を世界の方々に語れる子ども達を育てられたら、どんなに良いだろうか……。古典芸能を継承していく一人として、強く願っています。

そして、能楽界は皆こぞって、これまでの不要な部分の壁（バリア）を取払い「バリアフリー」で皆さまをお待ちしております。

本書が能鑑賞の一助として、また、能のものがたりを楽しんでいただく為に、そして、日本文化が詰まっている古典芸能を身近に感じていただく重要なツールとして、皆様のお手元に在らば幸いです。

主な参考資料

『日本古典文学全集　謡曲集』（小学館）
『謡曲大観』佐成謙太郎著（明治書院）
『新日本古典文学大系　謡曲百番』（岩波書店）
『能の物語』白洲正子著（講談社文芸文庫）
『謡曲平家物語』白洲正子著（講談社文芸文庫）
『能楽手帖』権藤芳一著（駸々堂）
『能百番』増田正造著（平凡社カラー新書）
『1冊でわかる能ガイド【90番】』丸岡圭一監修（成美堂出版）
『まんがで楽しむ能の名曲七〇番』村尚也 文、よこうちまさかず画（檜書店）
『マンガ能百番』渡辺睦子・増田正造著（平凡社）
『演目別にみる能装束』観世喜正・正田夏子著（淡交社）
『能のデザイン』（青幻舎）
『能のデザイン図典』中森昌三著（東方出版）
『能を彩る文様の世界』野村四郎・北村哲郎著（檜書店）

全国能楽堂一覧

北海道	**小樽市能楽堂**	北海道小樽市花園5-2-1	0134-22-2796(小樽市公会堂)
青森県	**十和田市民文化センター**	青森県十和田市西三番町2-1	0176-22-5200
秋田県	**まほろば唐松中世の館能楽殿**	秋田県大仙市協和境字唐松岳44-2	018-892-3500
岩手県	**中尊寺鎮守白山神社能舞台**	岩手県西磐井郡平泉町平泉字衣関173	0191-46-4397
山形県	**伝国の杜 置賜文化ホール**	山形県米沢市丸の内1-2-1	0238-26-2666
	庄内能楽館	山形県酒田市浜松町1-5	0234-33-4568
宮城県	**白石市古典芸能伝承の館碧水園**	宮城県白石市南町2丁目1-13	0224-25-7949
東京都	**国立能楽堂**	東京都渋谷区千駄ケ谷4-18-1	03-3423-1331
	観世能楽堂(2017年4月開場予定)	東京都中央区銀座6丁目10番	03-5778-4380(一般社団法人観世会)
	宝生能楽堂	東京都文京区本郷1-5-9	03-3811-4843
	梅若能楽学院会館	東京都中野区東中野2-6-14	03-3363-7748
	喜多能楽堂	東京都品川区上大崎4-6-9	03-3491-8813
	矢来能楽堂	東京都新宿区矢来町60	03-3268-7311
	銕仙会能楽研修所	東京都港区南青山4-21-29	03-3401-2285
	代々木能舞台	東京都渋谷区代々木4-36-14	03-3370-2757
	セルリアンタワー能楽堂	東京都渋谷区桜丘町26-1 セルリアンタワーB2	03-3477-6412
	靖国神社 能楽堂	東京都千代田区九段北3-1-1	03-3261-8326
神奈川県	**横浜能楽堂**	神奈川県横浜市西区紅葉ケ丘27-2	045-263-3055
	横浜市久良岐能舞台	神奈川県横浜市磯子区岡村8-21-7	045-761-3854
	川崎能楽堂	神奈川県川崎市川崎区日進町1-37	044-222-7995
	鎌倉芸術館 小ホール	神奈川県鎌倉市大船6-1-2	0467-48-5500
	鎌倉能舞台	神奈川県鎌倉市長谷3-5-13	0467-22-5557
千葉県	**青葉の森公園芸術文化ホール**	千葉県千葉市中央区青葉町977-1	043-266-3511
埼玉県	**越谷市日本文化伝承の館 こしがや能楽堂**	埼玉県越谷市花田6-6-1	048-964-8700
愛知県	**名古屋能楽堂**	愛知県名古屋市中区三の丸1-1-1	052-231-0088
	栄能楽堂	愛知県名古屋市中区栄5-6-4 栄能楽ビル東館4F	052-262-1183
	岡崎城二の丸能楽堂	愛知県岡崎市康生町561-1	0564-24-2204
	豊田市能楽堂	愛知県豊田市西町1-200 豊田参合館8F	0565-35-8200
岐阜県	**水明館 能舞台「石橋の間」**	岐阜県下呂市幸田1268	0576-25-2800
静岡県	**MOA美術館 能楽堂**(2017年2月5日リニューアルオープン予定)	静岡県熱海市桃山町26-2	0557-84-2500
	能舞台(月桂殿)	静岡県伊豆市修善寺3450-1 あさば旅館内	0558-72-7000
	熊野伝統芸能館	静岡県磐田市池田332-3	0538-35-6861(磐田市文化振興課)
山梨県	**武田神社 甲陽武能殿**	山梨県甲府市古府中町2611	055-252-2609
	身曾岐神社 能楽殿	山梨県北杜市小淵沢町高天原	0551-36-3000
石川県	**石川県立能楽堂**	石川県金沢市石引4-18-3	076-264-2598
富山県	**富山能楽堂**	富山県富山市友杉1097	076-429-5595
	高岡市青年の家 能舞台	富山県高岡市江尻1321-1	0766-20-1555
福井県	**ハピリンホール**	福井県福井市中央1-2-1	0776-20-2901
	プラザ萬象 能舞台	福井県敦賀市東洋町1-1	0770-22-9711

新潟県	**りゅーとぴあ 新潟市民芸術文化会館 能楽堂**	新潟県新潟市中央区一番堀通町3番地2	025-224-5622
	金井能楽堂	新潟県佐渡市中興甲371	0259-63-4151（佐渡市金井公民館）
大阪府	**大阪能楽会館**	大阪府大阪市北区中崎西2-3-17	06-6373-1726
	朝陽会館	大阪府大阪市北区天神橋1-17-8	06-6357-0844
	山中能舞台	大阪府大阪市阿倍野区阪南町6-5-8	06-6692-3825
	大槻能楽堂	大阪府大阪市中央区上町A-7	06-6761-8055
	山本能楽堂	大阪府大阪市中央区徳井町1-3-6	06-6943-9454
	香里能楽堂	大阪府寝屋川市香里本通町1-5	072-831-0415
	住吉神社 能舞台	大阪府豊中市服部南町2-3-31	06-6864-0761
	豊中不動尊 紫苑閣能舞台	大阪府豊中市緑丘2-14-8	06-6854-1692
	堺能楽会館	大阪府堺市堺区大浜北町3-4-7-100	072-235-0305
京都府	**京都観世会館**	京都府京都市左京区岡崎円勝寺町44	075-771-6114
	河村能舞台	京都府京都市上京区烏丸通上立売上ル柳図子町320-14	075-451-4513／075-722-8716（能楽おもしろ講座）
	冬青庵能舞台	京都府京都市中京区両替町通夷川下ル北小路町97-2	075-241-2215
	大江能楽堂	京都府京都市中京区押小路柳馬場東入ル橘町646	075-231-7620／075-561-0622
	能楽堂 嘉祥閣	京都府京都市中京区両替町通竹屋町上ル	075-222-0618
	金剛能楽堂	京都府京都市上京区烏丸通中立売上ル	075-441-7222
	八坂神社能舞台	京都府京都市東山区祇園町北側625	075-561-6155
	万祥殿能舞台	京都府亀岡市 天恩郷 大本本部	0771-22-5561
	長生殿能舞台	京都府綾部市本宮町1-1 梅松苑 大本本部	0773-42-0187
兵庫県	**上田能楽堂**	兵庫県神戸市長田区大塚町2-1-14	078-691-5449
	湊川神社神能殿	兵庫県神戸市中央区多聞通3-1-1	078-371-0001
	有馬能楽堂	兵庫県三田市武庫が丘7-5 三田屋本店やすらぎの郷内	079-564-4151
	春日神社能舞台	兵庫県篠山市黒岡1015	079-552-0074
奈良県	**奈良春日野国際フォーラム 甍 能楽ホール**	奈良県奈良市春日野町101	0742-27-2630
滋賀県	**大津市伝統芸能会館**	滋賀県大津市園城寺町246-24	077-527-5236
	彦根城博物館能舞台	滋賀県彦根市金亀町1-1	0749-22-6100
岡山県	**岡山後楽園 能舞台**	岡山県岡山市北区後楽園1-5	086-272-1148
広島県	**アステールプラザ**	広島県広島市中区加古町4-17	082-244-8000
	嚴島神社能舞台	広島県廿日市市宮島町1-1	0829-44-2020
	喜多流大島能楽堂	広島県福山市光南町2-2-2	084-923-2633
香川県	**雅之郷 能楽堂**	香川県観音寺市八幡町2-12-50	0875-25-6660
高知県	**高知県立美術館ホール 能楽堂**	高知県高知市高須353-2	088-866-8000
愛媛県	**松山市民会館 小ホール**	愛媛県松山市堀之内	089-931-8181
福岡県	**大濠公園能楽堂**	福岡県福岡市中央区大濠公園1-5	092-715-2155
	白金能楽堂	福岡県福岡市中央区白金1-18-16	092-524-1133
	森本能舞台	福岡県福岡市中央区警固3-8-1	092-711-8888
	住吉神社能楽殿	福岡県福岡市博多区住吉3-1-51	092-291-2670
佐賀県	**井内能舞台**	佐賀県佐賀市松原4-5-13	0952-26-0314
大分県	**平和市民公園能楽堂**	大分県大分市牧緑町1-30	097-551-5511
宮崎県	**青島神社能楽殿**	宮崎県宮崎市青島2-13-1	0985-65-1262
鹿児島県	**かごしま県民交流センター 県民ホール**	鹿児島県鹿児島市山下町14-50	099-221-6600

プロフィール

監修◆辰巳満次郎（たつみ・まんじろう）

シテ方宝生流能楽師。父・故辰巳孝、及び十八代宗家・故宝生英雄に師事。東京藝術大学音楽学部邦楽科卒業。全国で公演や実技指導を行う他に、学校教育現場や社会人講座で能楽の体験型ワークショップを行う。平成23年度・24年度に文化庁文化交流使に任命されるなど、海外での公演や日本文化紹介も参加・プロデュースする。そのほか伝統的な手法による新作活動にも度々参画し、『マクベス』『オセロ』『散尊（サムソン）』『六条』『道頓』などの新作能のほか、オペラ能『保元物語』、歌劇などの演出・主演をする。２００１年、重要無形文化財総合指定の認定を受ける。２００５年度、大阪文化祭賞奨励賞受賞。羽衣国際大学学術文化顧問。公益社団法人宝生会理事。

文◆村上ナッツ（むらかみ・なっつ）

まんが原作・劇作家。愛媛県出身。早稲田大学第一文学部演劇科卒。シェイクスピアシアター出身。まんが原作『花影鏡介』（蒼馬社）『モント・ザハト』（講談社）。朗読劇『雨月物語』『くるみ割り人形』『常川博行ＭＯＮＯ語り』『古事記《ふることふみ》の少女〜女鳥王《めどりのみこ》の物語』脚本・演出。ミュージカル『ボヘミアン☆ラプソディー（奥の細道異聞）』（野住企画）脚本・作詞。愛媛県西条市民ミュージカル『走れ!夢の新幹線〜キクとシンジの物語』共同脚本。『YOMUYOMU古事記』（池袋コミュニティ・カレッジ）で古事記全編を一年半にわたり講演。著書『わかる古事記』（西日本出版）太安万侶賞受賞。

マンガ◆つだゆみ

マンガ家。広島大学文学部卒。歴史、ビジネス、雑学などを、マンガでわかりやすく、おもしろく伝えることが得意。主な著書に『夢の超特急ひかり号が走った〜十河信二伝』『わかる古事記』（ともに西日本出版社）、『井伊直虎のことがマンガで3時間でわかる本』『真田幸村のことがマンガで3時間でわかる本』『ドラッカーのマネジメントがマンガで3時間でわかる本』（以上、明日香出版社）、『ハッピーマジック』（監修・桂由美、あさ出版）など。月刊誌『現代化学』『せれね』でマンガ連載中。

http://tsuda-yumi.jp/

能の本

2016年11月25日初版第一刷発行
2017年4月17日　第二刷発行
2020年10月19日　第三刷発行
2024年12月25日　第四刷発行

監修　辰巳満次郎
文　村上ナッツ
マンガ　つだゆみ
企画協力　野住企画

発行者　内山正之
発行所　株式会社西日本出版社
http://www.jimotonohon.com/
〒564-0044　大阪府吹田市南金田1-8-25-402
[営業・受注センター]
〒564-0044　大阪府吹田市南金田1-11-11-202
TEL：06-6338-3078
FAX：06-6310-7057
郵便振替口座番号　00980-4-181121

編集　浦谷さおり（金木犀舎）
デザイン　上野かおる＋中島佳那子（鷺草デザイン事務所）
印刷・製本　株式会社シナノパブリッシングプレス

ISBN 978-4-908443-10-7 C0074